慈悲

路内/著

人民文学出版社

图书在版编目（CIP）数据

慈悲/路内著.—北京：人民文学出版社，2015（2024.12重印）
ISBN 978-7-02-011269-2

Ⅰ.①慈… Ⅱ.①路… Ⅲ.①长篇小说—中国—当代 Ⅳ.①I247.5

中国版本图书馆 CIP 数据核字(2015)第 275789 号

责任编辑	樊晓哲　王昌改
责任印制	王重艺

出版发行	人民文学出版社
社　　址	北京市朝内大街 166 号
邮政编码	100705

印　　刷	三河市中晟雅豪印务有限公司
经　　销	全国新华书店等

字　　数	120 千字
开　　本	880 毫米×1230 毫米　1/32
印　　张	7.375
印　　数	65001— 68000
版　　次	2016 年 1 月北京第 1 版
印　　次	2024 年12月第11次印刷

书　　号	978-7-02-011269-2
定　　价	36.00 元

如有印装质量问题,请与本社图书销售中心调换。电话:010-65233595

1

苯酚厂在江边,过去几十年它的名字是"前进化工厂",主要生产苯酚和骨胶。苯是香的,那种香味让全城的人在冬天都头脑发涨。骨胶的原料是猪骨牛骨,到了夏天,腐尸的气味由东南风直吹到江面上。

水生刚进苯酚厂时二十岁,师傅告诉他,不要用脚去开关阀门。水生看到一个阀门在地上,黑沉沉的,用脚去踢就不用弯腰了。师傅说:"会坐牢的。"

这时根生恰好过来,一脚踢上阀门,吹着口哨走了。师傅说:"水生啊,这个行为看起来没什么,其实是破坏生产罪,我不会给根生说出去的,说出去他就要坐牢了。"

水生从工专毕业,分配在苯酚车间。苯酚车间的老工人,退休两三年就会生肝癌,很快就死了。老工人为什么在厂里的时候不生癌,偏偏要等到退休生癌?师傅就对水生说,苯有毒，但是如果天天和苯在一起，身体适应了就没事，等到退休了，没有苯了，就会生癌了。

根生打趣说："师傅，你干脆不要退休，就不会生癌。"

师傅说："不行，我干了半辈子，天天上三班，我不退休也会累死。"

师傅在有毒车间工作，普通的男工六十岁退休，师傅可以提前五年。师傅今年四十八岁，还有七年退休，师傅说自己搞不好也就只能活十年了。

水生到车间里就拜师，工专毕业是干部编制，师傅是个没什么文化的老操作工，对水生说："我不能带你这样的干部徒弟。"水生说："师傅，你收我吧，我说起来是干部，其实会做一辈子操作工的。"说完，给师傅递上一包香烟。师傅就问："你家里是做什么的，爹娘呢？"水生说："自然灾害，都饿死了，在乡下没吃的。"

师傅说："可怜，我的爹娘也是饿死的，日本鬼子的时候。现在你就跟着我吧，我把你当半个儿子，你要孝敬我。以前拜师要磕头，现在不许了。我带你去领劳动皮鞋，普通学徒只能领一双，我帮你领两双，一双上班穿，一双下班穿。你穿着劳动皮鞋在街上走，就是工人阶级，就没有人敢欺负你了。以后不要穿露脚趾头的布鞋。"

水生说："谢谢师傅。"

师傅说："要谢谢党。"

造苯酚不简单，师傅出手，一级成品率百分之七十，师兄根生出手，一级成品率百分之五十。如果做夜班，差距更大。师傅说，无非是温度控制，做夜班要打瞌睡，温度就控制不好，成品率就低了。水生跟着师傅做了一年，一级成品率也到百分之七十，从无迟到早退，夜班不打瞌睡，也不用脚关阀门。车间从陌生到熟悉，一个阀门一个开关，闭着眼睛都能摸到，师傅十分满意。年中，酷暑难耐，车间停产检修，水生学过这些，也能调试设备，比师傅更专业。秋天检修完毕，车间重新试车投产，水生负责操作，师傅压阵，这是十分紧要的时候。师傅偷偷说："以前试车我都要求天告地，有时莫名其妙就出了一锅废品，好像是鬼神作祟。"水生说："师傅，你这有点迷信，总归是设备没有调试好的原因。"师傅说："向毛主席保证，总没有错的。"水生试车成功，师傅也很佩服，说："满师了，换班吧，独立操作去。"后面再添一句："是根枪就要立起来。"

自此就不常见到师傅了，在两个班上。有一天，水生去上班，师傅正好下班，看到水生又穿着露脚趾头的布鞋。师傅说："水生，鞋子怎么回事？"

水生说："每天走半个钟头才能到厂里，劳动皮鞋走不动，脚上全是血泡。布鞋轻。"

师傅说："买辆自行车。"

水生说："倒是看中一辆旧的，人家要七十五块，我买不起。"

师傅带着水生到车间办公室里，根生正和一群工人围在办公桌边捐会。水生问什么是捐会,师傅告诉他,一群工人每人每个月拿出五块钱,凑成一笔大钱,然后抽签,中了头签的人,第一个月拿钱,中了第二名的人就第二个月拿钱,如果最后一个中签,就只能认倒霉,在最后一个月拿钱。一笔大钱可以用来买自行车之类的大件。那天车间办公室里有十二个工人,大家签字画押,车间主任李铁牛做证人。李铁牛撕了一张报表,裁成十二份,写好数字,折起来。众人在一个铁皮罐头里摸纸。根生大喊起来:"哈哈,我第一个,状元郎。"水生展开纸一看,上面写着12,拿给师傅看。师傅说:"根生,和水生换一下吧。"

根生说:"师傅,捐会凭手气,我不换,换了走霉运的。"

水生跟着师傅出去。水生说:"师傅,我还要等一年。到时候我就有六十块了。"

师傅说:"你怎么手气这么差?"

水生说:"我也不知道。"

师傅说:"你去上班吧,我等会儿去找李铁牛。"

师傅坐在车间主任办公室,这会儿只剩下李铁牛一个人。师傅说:"水生要补助。"李铁牛正在写报告,二工段的邓思贤被抓走了。李铁牛说:"邓思贤上个礼拜出了一锅废料,按规定,他赔百分之十,从工资里扣。但是上个礼拜宿小东看见邓思贤用脚关阀门,邓思贤的爸爸就是个劳改分子,现在厂里把邓思贤也抓走了。"

师傅说:"要判多久?"

李铁牛说:"厂里说判他一年。"

师傅说:"一年不算多。"

李铁牛说:"判多了不好,邓思贤是大专毕业的,坐完了牢回来还要继续搞生产。如果是你们孟根生,最起码判五年。我上次又听人说孟根生用脚关阀门。"

师傅说:"根生从来不会出废料。"

师傅坐在那里,一直等李铁牛写好报告。墙上的钟指着下午四点,快要下班了,李铁牛很奇怪地说:"你两点钟就下早班了,还坐在这里干什么?"师傅说:"刚才不是说了吗?我来给水生要补助。"李铁牛说:"捐会抽到最后一个,就找厂里要补助了,投机分子。"

师傅站起来把车间办公室的门掩上,此时,上白班的工人正在成群结队往外走,下班铃声嗡嗡地响了起来。师傅说:"铁牛,我和你是一个师傅带出来的,现在你是车间主任,我还是个操作工。我说话没什么力气,你说话有力气。现在你告诉我,汪兴妹每个月都有五块钱补助,还有什么特别补助、生病补助。去年把一个钱包弄丢了你也补助给她,汪兴妹又不是你老婆,你给她这么多补助,你老婆知道吗?"

李铁牛头大了一圈,端着茶缸走到门背后,用屁股顶住门,对师傅说:"不要乱讲,我会被抓走的,最近到处都在抓人。"

师傅说:"到底给不给补助?"

李铁牛说:"苯酚车间里只有三个补助名额,汪兴妹一个，宿小东一个，还有一个是老棍子。你说，去掉哪个比较好？"

师傅说："宿小东最阴险，汪兴妹最漂亮，老棍子最穷。去掉谁好，你自己想吧。"

李铁牛只好摇头说："要是没有社会主义新中国，这批人全都得饿死。"

过了几天，工会宣布，陈水生补助一年，每个月五块钱。这么算起来就有六十块了，这笔钱恰好可以给水生捐会。宿小东的补助没了。宿小东把水生拉到角落里，说："我家里，老婆长病假啊，没有钱啊。我的老婆是关节炎啊，连路都不能走啊。"这时根生正好走过，照着宿小东的屁股上踢了一脚。

"宿小东，干活去。"

宿小东说："我家里穷啊……"

根生又踢了他一脚："有本事找李铁牛去，李铁牛说了算。"

宿小东说："我没有本事啊，老婆关节炎啊……"嘀嘀咕咕地走了。

根生对水生说，宿小东看起来是个窝囊废，其实最坏，他会告密，邓思贤就是他告到厂里去坐牢的。厂里有很多这样的人，他们就像鬼一样，你越是怕他们，他们就越是会沾到你身边来。

2

水生十二岁那年,村里什么吃的都没了。水生的爸爸在田里找到了最后一根野胡萝卜,切开了给一家四口吃下去。水生的爸爸说:"再不走,全家饿死在这里了。"水生的妈妈牵着水生,水生的爸爸背着水生的弟弟,他叫云生,只有七岁,全家逃出村子,去城里投靠叔叔。水生看到前面有一个人,在田埂上慢慢地走着,忽然歪倒在地上,全身都肿了起来。水生吓住了。水生的爸爸说:"水生,走过去!不要看他!"

四个人走到镇上,镇上空荡荡的,什么吃的都没有。水生的妈妈说:"往哪儿走?"

水生的爸爸说:"往北边走四十里地,从汽轮机厂搭船渡江。往东边走二十里地,坐木船渡江直接到城里。"

水生的妈妈说:"我只能走二十里地了。"

水生的爸爸说:"东边近,但是木船不保险,汽轮机厂的轮船保险，但是走四十里地，难保不饿死在路上。"

水生的妈妈说："你做主吧。"

水生的爸爸说："你走北边，我走东边。"

水生的妈妈无论如何不答应，她说死也要死在一起。水生的爸爸说："死在一起的，我见得多了。死在一起有什么好的？"临分手前，水生的爸爸蹲下来，给了水生一只豁口碗，说："到城里找你叔叔，万一找不到，你就只能讨饭了。讨饭要有一只碗。我没有吃的东西给你了，只能给你这只碗。"

水生的爸爸说完，背着他弟弟就走了。走出去一段路，回头一看，水生和妈妈还站在街口。水生的爸爸冲他们挥挥手，意思是快点走。这时有一个饿疯了的人，从旁边走了过来，他嘴里叼着根一尺长的骨头，骨头上已经没有肉了，骨头就像一根剥了皮的枯树枝，惨白惨白。疯了的人站在水生身边，向着水生的爸爸挥手。水生骇然地看着他。水生的爸爸就远远地喊道："水生，走过去！不要看他！"

水生的妈妈牵着水生，慢慢地走，走了一个白天又一个黑夜，到后来是水生牵着妈妈，走了一个黑夜又一个白天。走到江边，看到汽轮机厂的码头上全是灾民。渡轮来了，人们默默地往上走，排着队，像是要去一个寂静的地方。有人躺在码头上，爬都爬不动了，这些人就留在了岸边。船起锚，呜呜地拉着汽笛开走，驶向对岸的工厂。江上起着薄雾，对岸仿佛不存在。

叔叔在一家医院里上班，把母子两个带到食堂吃了一顿。水生吃饱了,想起爸爸和弟弟,又等了两天两夜,他们没有出现。水生忘记彼此分别多久了,饥饿中的时间是颠倒的。

叔叔说:"哥哥不会来了。"

水生的妈妈去城西码头候着,端着豁口碗,碗里盛着一点米饭。水生的妈妈说,要是他们从江对面过来,一定饿得前腔贴后背了。叔叔说:"嫂子,你不要这样。"就给了她一个铝饭盒。水生的妈妈带着水生,抱着饭盒坐在码头边。长江宽阔无度,一眼望不到对岸,江水盘旋回流,渡船踪影皆无。

水生的妈妈说:"没有船,一个人都看不见。"想想又说:"你爸爸看到没有船,一定是从北边走汽轮机厂的码头过来了。我们走了两天两夜,他们大概要走四天四夜。可是就算这样,他们也该来了。"

有一天早上,水生醒来,婶婶告诉他:"你妈妈拎着饭盒回去找你爸爸了,她要把走过来的路再走回去一遍。"水生揉着眼睛。婶婶说:"你妈妈要我们带好你,你就在家里等着,不要再去码头边了。"

然而水生的妈妈再也没有回来。过了几年,水生和叔叔回到乡下家里,房子已经倒了,里面一无所有。有人告诉他们:"看见你妈妈走着走着,饿昏了,一头栽进了河里。没力气救她,她淹死了。"水生哭了。别人又说:"但是没有人见过你爸爸和弟弟。那些走到江边的人,后来都不见了。"

水生和叔叔坐渡船回城,看到一些黑色的影子在水面下急速游动，它们跟着船，闪闪烁烁像一群依恋的幽魂。有人说："这是江猪。以前有很多，闹自然灾害的时候全都没了，现在又有了。"

水生跟着叔叔住在城里。叔叔不会生小孩，水生就是他的儿子了。叔叔说："水生，等我死了，你要给我送终。"水生十六岁考上了工专。婶婶说："水生，本来应该让你十八岁参军去的，但是你叔叔说，你爷爷就是参军死的，还不能对外面说参的什么军。参军是光荣的，你叔叔比较落后。你不要记恨，去念工专吧。做工人就不会饿着了。"

水生说："我去念工专。工专毕业是干部。"

叔叔一直对水生说："水生，吃饭不要吃全饱，留个三成饥，穿衣不要穿全暖，留个三分寒。这点饥寒就是你的家底，以后你饿了就不会觉得太饿，冷了就不会觉得太冷。"水生后来到工厂里，听到师傅说的，老工人待在厂里很健康，退休了就会生癌。他想，工厂里的这点毒，也是家底。

水生去上班，苯酚厂在江边，他得沿着江走很久。有时是早晨，冬天的早晨起着雾，空气凝结在黑暗中，雾久久不能散去，也看不见江水。有时是夜晚，夏天的夜晚下着滂沱大雨，道路迷离，闪电打在远处江面上，整条江亮如雪原。水生走在江边，想到自己的爸妈，还有趴在爸爸肩膀上睡觉的弟弟。那个倒在眼前的浑身浮肿的人，那个叼着惨白的大骨头的疯子，一切历历在目。这时他会呆立在路边，耳朵边响起爸爸的话：

水生，走过去，不要看他。

3

　　根生的家在城外的须塘镇上,他做完一轮班,有两天半的休息时间,就回到镇上去了。平时,根生住在苯酚厂的宿舍里,苯酚车间在宿舍的东南边,夏天刮东南风,苯的气味向着江岸飘去。冬天刮西北风,所有人都紧闭窗户。宿舍很破,苯的气味仍然从窗缝里钻进来。

　　根生说:"我迟早也会得肝癌的,为了阶级斗争,为了共产主义,我不怕得肝癌。"根生在开会的时候讲怪话,以后再开会李铁牛就不让根生发言了。李铁牛最讨厌的工人就是孟根生。师傅说一个人要是被车间主任恨上,他这半辈子就算是完蛋了。

　　有一天根生找到李铁牛,说:"我也想要点补助,帮我到工会申请一个吧。"

　　李铁牛说:"你以前公然在厂里叫嚣,拿补助的人都是穷要饭的,你现在倒来要补助了。"

根生说:"我家里急着要用钱。"

李铁牛说:"人人家里都急着要用钱。你上次捐会拿了状元,那笔钱去哪里了?孟根生,你操作技术很好,就是嘴巴太臭,你的脚也有点贱,下次再看见你用脚关阀门,就让你和邓思贤一起住着去了。"

根生不说话,往地上吐了口痰,走了。

第二天师傅来了。李铁牛说:"孟根生吊儿郎当、自以为是。我说了他两句,他朝地上吐口痰走了。我让他把家里情况说得具体一点,他不说。别人找我要补助,都要低三下四,像狗一样求我。孟根生以为工会是他家开的吗?"

师傅说:"根生好像家里真的有困难,今天请假回须塘镇了。"

李铁牛说:"你又要给他求情。没有你,他早就被专政掉了。"

两个人把水生叫来。李铁牛让水生下班到须塘镇去一趟,看看根生家里到底怎么回事。水生答应了。李铁牛又加了一句:"要如实汇报,不许骗人。"水生说不会骗人。李铁牛叹气说:"也不要被根生骗了。"

当天下午,水生下了早班,骑自行车去须塘镇。出厂时太阳正好,到城外忽然下起雨来,道路泥泞,找了个小亭子躲雨,见有两个知青坐在那里。须塘在城郊,再往下走是农村,城里有一部分知青插队在那里,更远的去了安徽和苏北。水生比这些人大了两三岁,若是晚生几年,或没有及时进国营工厂上班,怕是也要下乡支农去了。水生问了一下路,知青们指给他看,向东再走一段就是须塘镇。雨停了,他又骑上自行车赶路,道路被雨水淋湿而变软,车胎上沾了很厚的泥。

根生的家就在镇口。水生停了自行车,敲门,听到里面有说话的声音。片刻,根生出来开了门。水生说明来意,见屋子低矮,里面黑沉沉的家具,墙正中贴着领袖画像。有一个姑娘二十来岁的样子,穿戴得整齐,坐在凳子上向水生张望。

根生说:"我爸爸中风了。"

水生说:"给我看看。"

根生冷笑一声,推开里屋的门,伸手拉亮了电灯。只见昏黄的灯光下,一个老头躺在铺了褥子的竹榻上,用脏兮兮的棉被裹紧了,一会儿打呼,一会儿翻白眼,样子有点吓人。水生看了一眼,就退出房间,对根生说:"好了,我好回去交差了。主任和师傅商量着给你补助呢。"

根生送水生出门,水生想了想,又从口袋里摸出一张半斤全国粮票,交给根生说:"意思意思。"

根生转身对那个姑娘说:"玉生,你搭陈水生的自行车回城吧。"那姑娘站起来说:"不用。"水生说:"刚才下过雨,路不好走。"根生说:"你还不认识她吧,她就是师傅的女儿,黎玉生。"

水生以前没去过师傅家,只听说师傅有个独生女儿,初中毕业就在汽轮机厂工作。又听说根生十六岁进苯酚厂就跟在师傅身边,有一度,师傅把他当儿子看待,带回家吃饭,帮师傅做家务。后来被人批评了,说师傅的做派是旧社会封建思想,他就不再让徒弟做家务了。

水生第一次遇到玉生,觉得她和根生很般配。回城的路上,玉生侧坐在自行车后面,水生不敢骑慢了,怕自己掌不稳车把,也不敢骑快了,怕后轮的泥水甩在她身上。玉生坐得稳稳的,一言不发。快骑到码头边时,玉生说:"停车,我今天不回家,回汽轮机厂。"她站在岸边等船,水生推着车在一边陪她。天黑时,一艘渡轮拉响了悠长的汽笛声,闪着灯光逐渐靠岸。玉生这才说了一句:"谢谢你,陈水生。我爸爸说起过你。"然后就上了船。

第二天回到厂里,根生还是没来上班。李铁牛把根生的申请报给工会,工会起初不同意,说孟根生工作态度不好。李铁牛说:"工作态度可以改进,可以教育好。家里穷得叮当响,他爸爸生病,要是没有补助,工作态度要好起来也挺难的。"工会批了十元钱的补助给根生。

根生的爸爸是六个月后死的。六个月里,根生陆陆续续拿到了四次补助。厂里开忆苦思甜大会,根生和水生都上去发言。根生讲了两句话就结束了。水生讲了二十句,社会主义好,工厂像家一样,党好,毛主席万岁。书记说:"陈水生口才不错嘛,以前没看出来,让他再锻炼锻炼。"

4

汪兴妹三十五岁,是个寡妇。她有一个十岁的儿子,养在婆婆家。汪兴妹自己住到了苯酚厂的工人宿舍里,因为这宿舍太破,没有女工愿意住,她独占了一间。

夜里,李铁牛会偷偷溜到女宿舍去。风头紧,车间主任也得行事小心。他要蹑手蹑脚走上楼梯,蹑手蹑脚走过几个男工的寝室,再蹑手蹑脚地敲敲汪兴妹的门。苯酚厂要倒三班,夜里看似冷清,其实四处都是耳目。

李铁牛进了汪兴妹的宿舍,关门关窗关灯,没有一点声音,衣服不脱,只把裤子拉下半截,让汪兴妹跪在床上办事。李铁牛身体有点虚,一分钟办好,流一身汗,然后长吁短叹。汪兴妹说:"你有什么事情想不通?"

李铁牛说:"我来一次,怕一次。来一次只有一分钟,其实不值得。不来呢,心里又像烧开了水,烧两个钟头。"

汪兴妹说:"我听说厂长也轧姘头的,工会里的'白孔雀'。"

李铁牛说:"你知道了不要乱说,乱说没好下场。厂长是厂长,他轧姘头,是他的革命工作需要。"

汪兴妹说:"你呢,你什么需要?"

李铁牛嘻嘻笑着说:"我满足你的需要,你要男人,也要补助。兴妹,你倒说说看,要是我搞不到补助了,你还愿意让我进来吗?"

汪兴妹发嗔说:"一分钟的人,好意思说。补助又不是你发给我的,是工会,是组织上照顾我。你不给我报上去,难道我自己不会去申请吗?"

李铁牛站起来整了整裤带,说:"你申请有什么用?僧多粥少,顾得了他,顾不了你。你求组织不如求我。"

汪兴妹说:"你对我是蛮好的。求天拜菩萨,你快点做厂长。另外你一分钟的毛病也要治一治,最起码三分钟呢?"

这时女宿舍的门被人踹开了,轰的一声,李铁牛和汪兴妹两个,被手电筒照得发亮。有人拉亮了电灯,李铁牛揉眼睛一看是宿小东,带着两个保卫科的干事,还有两个冷面粗脖子的女工。李铁牛汗又下来了,扯着嗓子说:"干什么?"

宿小东笑着说:"已经结束了?李主任,跟我们走一趟。"

李铁牛说:"我是来谈工作。"

宿小东电筒照了一圈,在床底下找到一个用过的避孕套,笑了笑。

李铁牛被押出去的时候，根生正好走出来看热闹，李铁牛对根生大喊："去，去把你师傅叫来，多叫些人。今天我要倒霉。"宿小东说："厂门都关起来了，一个都别跑，也没人进得来。"又补了一句："今天的事情，是厂长下的命令。不是我宿小东自作主张。"

李铁牛关在保卫科里，宿小东守在门口。李铁牛说："你看见什么了？我和汪兴妹都穿得好好的，你什么证据都没有。避孕套又没在我枪头上，你硬说是我的，我还说是你的呢。"宿小东说："知道你不会招的，李主任，我们才不要审你咧，你听听楼上的声音。"李铁牛竖起耳朵，听到汪兴妹惨叫。

后半夜，根生翻墙出去找了师傅，师傅喊了几个老工人一起来看情况，传达室不敢拦，放他们进来了。师傅到了保卫科，先大喝一声："宿小东，滚！"宿小东一哆嗦，李铁牛说："快快快，去把楼上的汪兴妹拖出来。"楼上下来了两个保卫科的干事，手里拿着带血的拖鞋板子，说："不用拖了，她全说了——求组织不如求你，厂长的革命需要。"

李铁牛看看师傅，摊手说："好了，你给我送被子铺盖吧。"

宿小东说："送个屁，现行反革命，等枪毙吧。"

李铁牛被抓走以后，师傅叮嘱："是宿小东告的密。李铁牛的事情不要再说了，再说下去，搞出什么小集团，全部抓走。"师傅讲这个话是在自己家里，主要讲给根生听。根生说："不关我什么事。"水生也点头，看看玉生，玉生坐在凳子上剥毛豆，不说话。

又过了几天，武装卡车押着一众犯人游街，李铁牛也在其中。车子经过苯酚厂门口，厂里的人全都跑出来看热闹。李铁牛双手反铐，头发剃光，原先胖墩墩的身体，变得像一团柔软的棉花。他矮在一堆人中间，低头闭目，什么都不看。汽车载着一群囚犯，后轮烟尘四起，李铁牛就消失在烟尘中了。

厂里调了一个干部来做车间主任，宿小东做了工段长，没多久做了车间副主任。车间主任不想管补助的事，全都交给宿小东负责。宿小东来指导根生工作，根生说："你以后也可以干汪兴妹了，她现在在扫厕所，你可以去厕所里干她。"

宿小东嘻嘻一笑，说："孟根生，我的工作你要多支持。"

根生说："宿小东，现在做了副主任，有没有胆子给自己弄补助？"

宿小东说："来来，拿根烟，大前门。车间里不要抽，等会儿出去抽。"

巴掌不打笑脸人。根生觉得自己赢了这一架，但是没什么乐趣，再想想，其实也没赢，宿小东肯定在什么地方等着他呢。一年后，车间主任退休了，宿小东升了上去。宿小东的大前门，就不再掏给根生了。

5

玉生得了肝炎，住在传染病医院。师傅叹气说："我还没有得肝癌呢，玉生倒得了肝炎。以后怎么办？"

水生骑自行车到传染病医院，门锁得紧紧的，不给他进去。水生绕着医院的围墙跑了半圈，来到江边，又返回来。天气很冷，土都冻硬了。水生回到医院门口，推了自行车想走，看到里面押出一个趾高气昂的人，原来是根生。根生说："我来看黎玉生。"传染病医院的医生说："下次再敢翻墙进来，送你去公安局。"

根生穿着棉袄棉裤，水生穿着新买的料子裤。根生说："裤子不错，以前没有见你穿。"

水生说："料子裤，不敢穿到厂里。"

根生说："你都买得起料子裤了，还是你家里负担轻，我还要养我妈。"

水生说:"我叔叔家里,每个月还是补贴五块钱的。我婶婶工资低,集体单位职工。"

根生说:"你反正有补助。"

水生说:"我只拿过一次补助,买自行车那次,后来没有。"

根生没有让水生带他,独自走了。第二天交接班,根生把水生拉到角落里,支支吾吾地,说是想借那条料子裤穿。两人身材相仿,水生略矮些,裤子穿在根生身上,露出半截袜子,袜跟有两个补丁从鞋帮后面露出来。根生不敢在料子裤里套上秋裤,怕穿不下,就穿着单裤走了。

原来是有人给根生介绍了革命同志,是个纺织厂的女工。过后,根生把料子裤还给水生,说:"人家嫌我穷,看都没多看我一眼就走了。"

水生说:"你不是有料子裤吗?"

根生说:"人家要有自行车,我没有。自行车这个东西,借一次也不管用,自行车就像老婆一样,不能借着出风头的。料子裤你收好。"

玉生出医院,水生借了一辆黄鱼车去驮她。放了一个竹靠背在车后面,铺了一件干净的棉大衣,玉生坐上去,再盖一层被子在身上。玉生戴着口罩,一句话都不说。师傅骑着自行车在后面跟。

快到家时,玉生问:"根生怎么不来?"

水生说:"根生今天上中班。等会儿我去接班,他就来了。"

过了一阵子,玉生的病好了,黄疸褪下去,皮肤恢复了原来的颜色，但是忽然又发烧了。玉生自己跑到中医院去，在一条黑漆漆的走廊里坐着，歪倒在长凳上。有一个青年医生走过，拍了拍玉生，发现玉生昏过去了，叫人把她送到了急诊间。那医生姓何，长得斯文白净，又说是家传的医术，父亲是城里著名的老中医，曾经给领导号过脉的。

小何医生很关心玉生，除了退烧、急救，事后给玉生开了药方调养身体，又叮嘱玉生要多吃有蛋白质的食物，甲鱼、黑鱼、鸡蛋、牛奶。玉生说："我吃不起。"小何医生搓手说："肝病是一辈子的事。要养好病，要养好病。"

玉生自此天天煎药喝药，家里一股中药味道。她原在汽轮机厂做学徒工，得病以后请了半年的长病假，工资减半。师母没有工作，在家里靠拆手套赚点钱，师傅工资虽高，还得赡养岳父岳母。师傅一个人养四个人，坐在车间里说："你们见过一匹马拉四辆车的吗？"

根生说："一个火车头能拉四节车厢。"

师傅说："我不是火车头，我是马，吃草的，不吃煤。我在厂里干了几十年，从来都是帮别人要补助，现在我自己也快累死穷死了，我要给自己申请补助。"

根生说："师傅以前看不起领补助的人。"

师傅说："你和水生都领过补助了，有什么看不起的。以前看不起，是因为家里还有点钱，现在大家都勒着裤带过日子了。裤带勒在腰里还好，明年我就该勒在脖子上了。"

师傅一步三摇地来到车间主任办公室，办公室里坐着宿小东。师傅站着,双腿并拢,手捏着帽子,很恭敬地喊道:"宿主任。"

宿小东说:"我知道你来干什么,你来要补助。"

师傅说:"是的,主任。家里情况不好,女儿生肝炎病假,老婆没工作……"

宿小东不等师傅说完,就挥了挥手,先讲了一遍形势,又讲了一遍斗争,再讲了一遍纪律,最后问师傅:"孟根生最近有没有用脚踢过阀门?"

师傅说:"没有。"

宿小东又挥挥手,师傅就出来了,回到车间,闷头坐了一下午,帽子一直捏在手里,头上落了很多粉尘。下午过去了,师傅站起来,拍拍头上的粉尘,对自己说:"是根枪就要立起来。"

师傅走到车间主任办公室,把帽子放在地上,跪了下去。周围路过的工人都过来看热闹。宿小东走到门口说:"你这是干什么?"师傅说:"我这是跪着,但不是跪你。我跪在这个办公室门口,跪给所有人看。"这时工会的宋主席过来了,众人让宋主席主持公道,宋主席一抹嘴巴说:"原来是补助的事情啊,补助是个很重要的事情,补助补出了李铁牛这种坏分子。"嘀嘀咕咕,拍拍屁股走了。师傅继续跪着,宿小东笑了笑说:"你跪吧。"师傅说:"我跪。"

围观的人更多了。水生路过,拉师傅起来,师傅不动。水生蹲在师傅身侧。过了一会儿,书记来了。

书记先拉起了师傅，说："老工人了，不要这样。"又对宿小东说："工人要帮助，你要反映上来，工人不是你家的猫啊狗啊。"又转头对师傅说："下次不要跪了，如果跪着能拿到补助，全厂哗啦啦全部跪下，怎么办？"

师傅站起来，拍拍膝盖说："人穷志短，人穷腿软。"水生帮他捡回了帽子。

师傅拿到了生平第一笔补助，一共十五块钱。师傅把水生叫到身边，问他："你觉得玉生好吗？"

水生说："玉生好。"

师傅说："你觉得玉生漂亮吗？"

水生说："玉生漂亮。"

师傅说："那我做主，把玉生嫁给你。"

水生说："玉生相中的不是我，是根生。"

师傅说："根生家里穷，老娘要他照顾。玉生身体不好，也要人照顾，根生照顾不过来。再说我觉得根生这么混下去，迟早有一天，会被宿小东搞到公安局去的。玉生好，你就娶玉生吧。你不要再惦记根生了，根生跟你没关系。玉生有肝病，养一养就好了，以后生得出小孩的。你要是答应，就跪下来，给我磕个头。我以前是你师傅，以后就是你爸爸。拜师要磕头，但新社会不许了。我做你的爸爸，就可以让你给我磕个头了。"

水生拿了一叠报纸放在地上，跪了下来，恭恭敬敬磕了个头，又磕一个，喊了一声"爸爸"。师傅说："够了。我回去跟玉生说这件事,看看她是不是同意。"

水生说:"师傅,你还没跟玉生说啊?我都已经喊你爸爸了啊。"

师傅说:"你最起码等玉生的病好了吧?"

6

玉生痊愈了。师傅说:"我膝盖痛。我活该了,跪在宿小东面前,我的膝盖好不了了。"玉生剥毛豆,不说话。师傅说:"你有什么事情不高兴?"

玉生放下手里的毛豆说:"爸爸,我到小何医生家里去了。"师傅低头不说话。玉生捡起一颗毛豆,又放下,说:"小何医生的爸爸,人家叫他何神医。我到小何医生家里,何神医坐在椅子上,看了看我,给我号脉,又看了看我,摇摇头,送我出来了。"师傅脸色铁青。玉生说:"我也不知道他是什么意思。"

师傅说:"不要信他的,他早就被打倒了。"

玉生说:"瞎讲,何神医治好了一个造反司令的肝病,后来又治好了革委会主任老婆的不孕症。人家说,中医是打不倒的,不管到了什么时候,就算打仗,还是要医生的。"

师傅说："我膝盖痛，托人找过何神医，他说自己闭门谢客，不给人看病了。"

玉生说："我可以去问问小何医生。"

师傅说："不用。你说何神医为什么会给你号脉呢？"

玉生说："我真的不知道。"

师傅不再说话。第二天，几个徒弟带了工具来给师傅家修屋顶，房子在铁道边，每有火车经过，瓦片与窗棂哗哗抖动。师傅让玉生烧水，给众人喝茶，自己坐在堂屋里揉膝盖。水生站在屋顶上收拾瓦片，远远地看见一个年轻人走来，穿中山装、料子裤，近了还能看见胸口插着一支钢笔。根生说："那就是小何医生。"往下喊了一声："小何医生来喽。"

玉生从屋子里出来，站在桥上和小何医生说了一会儿话，众人听不到，只觉得小何医生的样子越来越软，中山装和料子裤逐渐矮成一堆，最后他抱住胳膊蹲在地上。玉生不语，抬头看看根生和水生，两人也都在看她。玉生走回屋子里，小何医生站起来往回走，先是很慢，越走越快。水生呆呆地站在屋顶，有一列火车从远处开过来，车头冒着白烟，一节一节过去，像一根很粗的传送带，容易让人走神的节奏，直到它去远。再转头一看，小何医生也已经消失了。

屋顶修好，众人下来吃茶，师傅揉着膝盖说："小何医生走了？"

根生答："走了。"

师傅说："不是玉生配不上小何医生，也不是小何医生嫌弃玉生。你们回去以后,不要乱说。"众人点头答应,玉生走进来收了茶杯,众人全都闭嘴,等到玉生走掉,大家也就讪讪地散了。回家路上,根生忽然对水生说:"我也配不上玉生了。"水生愣了一会儿,问他为什么,但根生执意不言。

夏天来了,苯酚厂的夏天按常规检修,工人没什么事情做,全都在白天上班。腐尸的气味,从原料仓库飘出来、蒸出来、涌出来,到处都是。所有人都盼着苯酚车间快点开工,因为苯酚的香味可以中和掉骨头的臭味,苯酚是用来做尸体防腐剂的。

男工们坐在一个破落的花坛边,背靠大树,抽烟、喝茶,无所事事。这时汪兴妹把着扫帚从女厕所出来,走进男厕所。王德发喊:"男厕所有人吗?汪兴妹要进来啦。"男厕所没有动静。汪兴妹等了一会儿,看看大树下的男工,走进去。到了下午,汪兴妹又出现,男工们仍在大树下。汪兴妹一声不吭,换了把干净扫帚,走进宿小东的办公室扫地。王德发说:"咦?汪兴妹给宿主任扫地。"

宿小东从外面过来,王德发说:"汪兴妹在给你扫地,你是不是也像李铁牛一样,扫啊扫啊,扫进你的被窝里去了?"

宿小东说:"乱讲送你去公安局。我是让汪兴妹有点事情做,扫厕所太轻松了。"

王德发说:"宿主任英明。但是她扫了一天厕所,浑身臭气,再扫你的办公室,办公室岂不是也臭了吗?"

宿小东说:"有道理。"把汪兴妹叫过来,交代说:"以后早上给我扫办公室，扫好以后再去扫厕所。"汪兴妹点头，等宿小东挥手，这才捏着扫帚走了。

宿小东坐回办公室，根生在大树下冷笑说："这个厂里哪儿不臭？臭死了，比厕所还臭。居然还有人怕臭！"

王德发说："孟根生为汪兴妹打抱不平，一定是接了李铁牛的班。"根生听了，站起来一脚踢翻了王德发。

夏天过去以后，苯酚车间开工。水生上夜班，和根生交接班，很意外地发现他没有回宿舍，而是向原料仓库走去，手里拎着个饭盒。这时工厂里静而黑，人影浮动，一晃眼便不见，但仍听得到笃笃的脚步声。水生跟了过去，闻到剧烈的臭味，见根生的影子闪进原料仓库旁边的一间小屋。水生知道这是汪兴妹住的地方，自从李铁牛被抓走以后，汪兴妹被赶出宿舍，只能搭在这个小间里，冬季漏风，夏季漏雨，没有电灯，只有一张小床，这是监督劳动的待遇。平时无人去那里，既怕臭，也怕沾着汪兴妹的霉气。

水生等了一会儿，根生并没有出来。现在水生明白了，根生为什么会说自己配不上玉生。

有一晚上，根生从汪兴妹的小间里出来，往浴室走去。水生拦住了他。

水生说："你会被人告发的，然后像李铁牛一样。"

根生说："宿小东已经升官了，不会再有人盯着我了。只要你不告发，我就没事。"

水生说："很多人盯着你的。你大概不知道，宿小东说，谁要是抓到孟根生用脚踢阀门，就考虑给谁做工段长。"

根生说："我知道的，但这是王德发瞎讲。"

水生说："是真的。"

根生低头沉吟。水生说："你这样对得起玉生吗？师傅知道了会怎么说？"

根生说："跟玉生有什么关系？师傅不会知道的，只要你不说。"

水生说："你为什么非要找汪兴妹？她比你大十多岁吧？"

根生说："我还能找谁？有人给我介绍老婆，一个瘦得四脚打颤的，还有一个脸上脖子上全是疮，身上有没有我都不敢问。我不要这些，只想要个现成的女人，我在汪兴妹那里已经尝过女人的滋味了。"

水生说："师傅要是知道，大概会让你和汪兴妹结婚算了。"

根生说："我也不要，监督劳动，让我搬到这里来。受不了天天闻这个臭味。"

7

自从师傅说过婚事以后,大半年没有下文,好像他已经忘记了,水生也不敢问。师傅的膝盖一直痛,最后痛到他晚上不能睡觉,到医院查了一大圈,不是关节炎,是骨癌。大家都知道,骨癌是要锯腿的,以后师傅就只有一条腿了,变成独脚强盗。后来医生说,不用锯腿,已经扩散了,你回家吧。师傅就摇摇头,回家等死了。

师傅躺在床上,对水生说:"我一直以为自己会得肝癌,可是我得了骨癌。我们苯酚厂到处都是骨头的臭味,我的肝没事,骨头倒跟着一起发臭了。"

水生说:"师傅,春天你说过的事情,我一直不敢问。你是不是忘记了?"

师傅说:"我记得的。你肯定觉得我要死了,所以急着要个说法。我春天时和玉生说了一次,玉生没答应,夏天又说了一次,她也没答应。后来我腿痛得要死,自己也忘记这件事了。你去把玉生叫进来,我再问问她。"

水生说:"不急。"

师傅说:"以前不急,现在急了,过一阵子我就要死了。水生啊,我一点也不怕死,死了我就不觉得痛了,死了我就没那么多话可讲了。你去把玉生叫进来,还有你师母,都进来。趁我现在腿还不是很痛,等会儿痛起来了我也不想管你们的事情了。"

玉生和师母进来,水生退了出去,听到里面喊喊的声音,觉得心跳加速。过了一会儿玉生出来了,眼睛已经哭过一场,水生再进去,师傅说:"玉生答应了。"水生又要跪下磕头,师傅把他拉住说:"等我死了你再跪吧。现在你去找一辆黄鱼车,把我放到车上,骑到厂里去。趁我的腿还不是很痛。"

这一天黄昏,水生骑黄鱼车拉着师傅去苯酚厂,走到半路,师傅喊痛,水生停了车子。师傅想了想,到底是去医院打止痛针呢,还是去苯酚厂,最后决定去苯酚厂。水生也不知道师傅想干什么。

到厂里,师傅让水生背着进了工会,放在一张条凳上,师傅痛得冷汗涟涟,咬着嘴唇说不出话。工会宋主席吓了一跳,挠头说:"你怎么来了?你不是已经躺在家里那个了吗?"

师傅说:"我来问问我的丧葬费是多少钱。"水生心想,真不愧是师傅,从来没听说过自己跑来问丧葬费的。宋主席又吓了一跳,看上去也快要发病了,他说:"丧葬费每个工人十二块钱。"

师傅说:"你算错了,我是有毒车间的工人,我的丧葬费应该是十六块。"

宋主席说:"不可能。给你们有毒车间发营养费的,一个月两块,让你们活得长一点。但你要是死了,埋在土里,花的钱是一样的。"

师傅说:"你再查查,你肯定记错了。"

两个人吵了起来,师傅吵不动了,抖抖索索想站起来。宋主席说:"你不要跪喔,你跪也没用。"

师傅坐下,喘了口气说:"我不会跪的。宋百成,紧张年的事情你还记得吗?那时候你不是工会主席,你还在苯酚车间挖地沟,你弄丢了粮票,十斤二两。我虽然要死了但记性还好,十斤二两。你那个月没粮了,在泔水桶里找吃的,泔水桶也空了。你跑到工会要补助,工会门口站满人,你都没力气钻进去。你拿了一根绳子挂在仓库的梁上要上吊,你都没力气爬到凳子上。你坐在仓库里哭啊,我正好走过。"

宋主席说:"不要再说了。"

师傅说:"是我去工会给你打了申请报告,批下来五块钱补助,你活过来了。"宋主席什么话也不说,闭目养神。师傅说不动了,招呼水生过来,趴在他背上。水生回头看看宋主席。师傅说:"其实我就是来问问丧葬费的事情,现在搞得像是来讨债。五块钱补助是国家给你的,不是我。丧葬费也是国家给我的,不是你。"师傅就这么离开了苯酚厂。

师傅以为自己还能活到冬天,可是深秋的时候他就撑不住了。每隔几天，水生骑自行车到家里来看他，师傅躺在床上，棉被越盖越厚，人越来越糊涂。有一天师傅醒了，精神不错，看到水生坐在边上。

师傅说："水生，我已经不觉得痛了。"又问："根生为什么不来？"

水生说："根生来过了，你睡着了。"

师傅说："我交代过玉生，你们结婚，冲冲喜，我也许就能多活几天。玉生答应了，你们结婚了吗？"

水生说："玉生没有说这件事。"

师傅说："新社会了，冲喜是迷信。水生啊，其实玉生是想嫁给你的。她不肯，是因为那个小何医生的爸爸，那个何神医，他给玉生号脉，他说，玉生大概生不出小孩，就算生了，也不会是好胎。我想，何神医如果说的是真的，那么玉生就嫁不出去了。你要是肯娶她，应该我跪下来给你磕头。"

水生说："师傅，你不要这么说。"

"当然，就算旧社会，老丈人也不能给女婿磕头的。"师傅握紧拳头，"你要对玉生好。还有师母，还有我家里的其他人。我像一匹马，拉了四辆车，拉到半途就死了。将来换成你来拉，你要拉五辆车、六辆车。"师傅的拳头在床沿上敲了三下，"这就当是我给你磕头了。"

水生陡然从床边站起来，跪下去说："爸爸你不要这样。"

师傅说："一个工人，没活到退休就死了，什么福都没享到——丧葬费应该是十六块。"

8

倒三班的下班时间，早班是下午两点，中班是晚上十点，夜班是早晨六点。根生一下班就去工厂浴室洗澡，冲掉身上的苯酚气味，这个习惯已经有十年。王德发说："洗澡太多了伤元气，我每星期洗一次就够了。"王德发又说："根生天天洗，天天比我多挣两角钱。"根生说："什么两角钱？"王德发说："去公共澡堂洗澡得花两角钱吧？"根生说："王德发，你身上都臭了。"

秋天，下中班，王德发从浴室里出来，自言自语说："为什么孟根生不洗澡了呢？"又说："孟根生也不在宿舍，也不在食堂。最近我闻到他身上有臭味，原料仓库烂骨头的臭味。"

根生从对面走过来。

王德发说："根生，去了什么好地方？"

根生推开王德发，往浴室里走。王德发说："你身上的臭味会让你倒霉的。"根生不理,往前走了几步,忽然想打人,回头一看王德发已经消失了。浓黑的夜里,一盏灯照着,蒸汽飘过,幽然像鬼魂。

水生又劝根生,不要再去找汪兴妹了。根生伸手捏捏水生的裤裆,让他坐下,说:"一开始,我只是想尝尝女人的滋味,就像火车,武斗的时候我坐火车去上海,后来再也没坐过,尝过那个味道就可以了。可是汪兴妹,我尝过一次,就会天天想吃。汪兴妹的胸很大,而且不走形,自己可以舔到奶头。汪兴妹说,我比李铁牛强多了,我插进去,她会叫……"

水生听得气血翻涌,说:"师傅说过,男男女女,只能当菜吃,不能当饭吃。"

根生说:"我上中班一想到半夜可以去她那里,就浑身发热,成品率也上不去。后来我早班也想去,夜班也想去,休息天我回到须塘镇,还是想去。"

水生说:"师傅是说过,你身体太好了,火力旺,就算喝凉水,到肚子里都会变成开水。"

根生说:"怎么办?"

水生说:"你想要老婆,厂里也有的,须塘镇上也有的,你不要再去钻汪兴妹的屋子了。她能舔到自己的奶头,别人也可以的。"

根生说:"未必。"

水生说:"你当心王德发告发你,管好自己,不要像李铁牛一样。"

根生说:"师傅是说过,管得住思想,管不住枪。"

水生说:"不要说那么多师傅了,师傅已经死了。"

尽管根生嘴硬,但心里知道,王德发看出了苗头。根生火力再旺,这个时候也就收了心。有一个月没再溜到汪兴妹的屋子去,一想起汪兴妹,就在心里打自己耳光。但师傅说得对,管得住思想管不住枪,思想关在脑子里,尽量不去碰,胯下的枪却不管三七二十一,一旦竖起来,思想就屁都不是了。

有一天上中班到半夜,根生觉得自己的思想已经烧焦了,一脚踢上了阀门,忽然看见邓思贤和宿小东站在眼前。邓思贤从牢里出来以后和根生一个班次,不算意外。宿小东作为车间主任,这时应该在家里睡觉。根生知道自己倒霉了。

宿小东说:"孟根生,我看见了。"宿小东捏着自己的眉头,好像很生气,忽然又笑了,"难得我加班一次,就看见你用脚踢阀门。"根生说:"黑咕隆咚的,你大概看错了吧?"

宿小东抓过邓思贤,"你看到了吗?"邓思贤一脸苦恼,看看宿小东又看看根生。根生朝他眨眨眼睛。邓思贤鼓足勇气说:"孟根生,你还不知道事情的严重性,这是破坏生产罪。你居然还朝我眨眼睛。报告宿主任,我看见孟根生用脚踢上阀门的。"宿小东说:"正好,今天厂里被偷了东西,保卫科都在加班。我抓不到贼,抓到一个孟根生,破坏生产罪,也能交差了。你跟我去保卫科吧。"

根生冷笑,脱下工作服说:"去就去。"

这天晚上，水生上夜班，经过办公室时看见保卫科里面的日光灯亮着，毛玻璃窗透出模糊的人影，听到啪啪的声音。水生推着自行车往里走，忽然看见邓思贤坐在花坛边哭。水生问怎么回事，邓思贤说："根生踢阀门被宿主任看见了，我也检举了根生，现在根生在保卫科里。今天晚上保卫科的人全在。"

水生说："坏啦，根生要倒霉。"竖起耳朵听了听，还有啪啪的声音。邓思贤说："他们在用皮带抽根生。"水生说："根生没有叫。"邓思贤说："根生硬气。那年我被抓住，还没审就全招了，我判了一年。根生不求饶，他们要打他一夜。"水生觉得自己捏着车龙头的两只手忽然颤抖起来。

王德发带人从车间里出来，大声说："孟根生被抓住了，我还有事情要揭发他呢。"后面的人问："什么事？"王德发说："孟根生睡过汪兴妹，我看见他半夜钻进汪兴妹的屋子。"后面的人说："那更要说清楚了。"

水生说："王德发，根生已经这样了，在里面挨打，你就放他一马吧。"王德发说："检举有功。陈水生，你们的后台已经全部倒了，李铁牛被专政了，你师傅也死了。你们这帮人，在厂里是个小集团，专门拿补助，排挤别人。你是小虾米，你还有几个师兄，和孟根生关系都很好，是大鱼，一个一个，都要检举出来。"

水生伸手去拦王德发，王德发厉声说："你昏头了，敢拦我？"水生放下手臂，低头说："随便你们吧。"

王德发带人进了保卫科。水生扔下自行车，狂奔到原料仓库，一脚踢开汪兴妹的房门。汪兴妹从床上坐起来，在黑暗中瞪着他。水生觉得这地方能把人臭死，不知道根生是怎么忍下来的，居然一次次想来。水生站在门口说："根生被保卫科带走了，你快跑。"

汪兴妹说："根生怎么了？"

水生说："根生踢阀门，关在保卫科挨打，有人检举你们。等一会儿他们就会来找你。根生硬气，什么都不招，只等明天公安局来带走，今晚吃点皮肉苦头。你现在就跑吧。"

汪兴妹抱着被子说："我还能去哪儿？我监督劳动，跑不掉。明天仍然挨打，让我招什么我就招什么。"

水生说："拜托，你把李铁牛招成了现行反革命。根生罪名不重，但你一过手，他就挨枪毙了。"

汪兴妹明白了，跳起来，撞开水生，向原料仓库后面奔去。这一晚，水生在车间里心神不定，中间出了一锅废品，差一个小学徒到保卫科去打探，跑了四五趟都被挡住。天快亮时，水生实在待不住了，摘了手套往保卫科去，见王德发从对面走来，很同情地说："孟根生真惨啊，打废了。"

水生问："人呢？"

王德发说："书记来了，书记说再打下去要出人命，就把他送公安局了。"

过了两天，王德发坐在花坛边，对大家说："孟根生死硬派，打得满地打滚，什么都不肯说，也不哼一声。后来保卫科的袁大头用铅丝绑住他,用角铁打他的腿骨,一直打到小便失禁,他才惨叫。可就算这样,他还是不承认自己踢过阀门、睡过汪兴妹。半夜里我和袁大头去抓汪兴妹,她不见了,第二天在污水池里找到尸体,已经死了。现在我怀疑,是有人把汪兴妹灭口了。"

袁强走过,说:"王德发,你不要乱说。汪兴妹是你去抓的,我跟在后面看看,她死了跟我一点关系都没有。孟根生也不是我打的,是刘胖子打的。你要是再喊我袁大头,我就把你扔到污水池里去。"

刘胖子来了,说:"大家不要怕,汪兴妹的事情调查清楚了,是她失足掉进了污水池。至于孟根生,公安局说了,这次好好判他一个破坏生产罪,让我们厂里再也没有人敢用脚踢阀门。孟根生的什么补助小集团,你们宿主任正在车间里查。"

宿小东跑过来说:"放屁,书记说了,什么小集团,都是王德发造谣。如果有补助小集团,头一个倒霉的是书记和宋主席,因为他们负责批补助的。王德发,听说你马上就要去扛包了。你虽然积极检举,但积极过头就不好了,检举到老虎屁股上去了。"

王德发站起来说:"啊?怎么会这样?"

大家拍手笑道:"王德发,你这个刘少奇,你这个林彪。"

9

根生判了十年徒刑。

水生没有见到根生,好像他这个人一下子被按进了土里,消失了。其实是去了一个叫石杨的地方,得过江,出省,往北走五十里地,那儿有山,出产花岗石,城里判刑的人有一大半都在石杨开石头。石杨不远,但石杨就像一次轮回,一次投胎,活着的人进不去,出来的人像转世。水生不无安慰地想,既然根生还能开石头,起码说明没有被打废掉。

根生被抓进去以后,水生才知道他在厂里得罪了多少人。根生一顿饭要吃六两,食堂里的饭通常会短斤缺两,根生吃不饱,和食堂里的人打架。领劳保用品,根生顺手牵羊偷过纱手套。在浴室洗澡,根生顺便洗汗衫短裤,浪费国家的水。找老婆,根生看不上胸小的,满厂都是营养不良的青年女工,胸大的都是喂过小孩的——这是水生猜的,反正根生连女工都得罪光了。人们说根生活该，直到听说他被保卫科打到小便失禁，人们才讨论说："其实也不用这么打他吧，他好歹也是工人阶级、赤贫出身。"

水生说："工人阶级有什么用，挨打的时候什么都不是。"工段长朱建华拿着一个小本子，跟在他后面，把这句话记了下来，送到宿小东手里。宿小东交给书记，书记对水生说："陈水生，你的思想不对啊，说这种怪话，和孟根生一样了。孟根生判刑，你有什么想不通的吗？"水生说："我想得通的，孟根生应该坐牢，应该打他。我没有什么可说的。"书记说："打人还是不好的，你回去吧。上个月你出了一锅废品，厂里研究下来，要赔百分之十，从你工资里慢慢扣。放心，照规矩办，不会一下子饿死你的。"

水生回到车间，宿小东说："今天开始你不再是操作工了，和王德发一样，去扛包，滚原料桶。"

水生就去滚原料桶了。

从仓库到车间，滚原料桶必须双手扳住桶沿，发出"嘿"的一声，把桶侧下三十度，然后一点一点滚动。如果平衡保持得好，不会很累，如果平衡不好，三天干下来会感觉自己的腰断了。滚原料桶仍然要倒三班。

水生披了一件旧棉衣，戴上袖套和劳动手套，腰里扎一根铝芯电线，衬一层硬纸板，充当腰带。他又跑到车间里，想领一双胶鞋，宿小东说："你要胶鞋干什么？"

水生说："仓库到车间之间有个水洼，常年积水，滚原料桶只能踩着水过去。"

宿小东说："操作工不发胶鞋的，自己去买吧。"

水生滚了半个月的原料桶，脚烂了，王德发的脚也烂了，两个人坐在仓库里，王德发哭了。王德发说："我的脚上全是冻疮，我腰断了，吃饭连筷子都举不起来。"

水生说："你想想根生，现在在开石头，你不会比他更惨。你把他的腰也打断了。"

王德发说："孟根生是反革命破坏生产罪。"

水生默然，束紧腰里的电线，站起来又去滚原料桶了。

有一天，玉生来了，水生还在干活。玉生说："爸爸以前也滚过原料桶，他不肯穿胶鞋，说胶鞋遇到油污会烂掉。"

水生说："是的。"

玉生说："但是，即便是爸爸，冬天也还是穿胶鞋的，因为脚会烂掉。陈水生，你是想鞋子烂掉，还是想脚烂掉？"

水生说："我都不想。"

第二天玉生拎了一双补过后跟的胶鞋到厂里，把他拉到了仓库里。水生脱下解放鞋，从口袋里掏出袜子穿上，试了试胶鞋。水生说："这双鞋是师傅的，我认识。"

玉生说："以后不要舍不得鞋子袜子。"

晚上，水生做梦，师傅来了。水生说，谢谢师傅，送了胶鞋给我。师傅给了水生一个爆栗，说我把玉生给了你，你只记得胶鞋。水生醒来，觉得头痛得像裂开了，水生想，鬼打人真是不一样啊，师傅活着的时候也打过徒弟爆栗，没有这么痛的。过了几天，水生又梦见师傅，水生说师傅这事情不对啊，玉生现在不能结婚，守孝最起码得一年，你打我是犯错误的。师傅在梦里叹气说，有什么好守的，我没退休就死了，丧葬费。水生说，知道了知道了，十六块。水生在梦里拔脚就溜。

这一年春节，水生买了一块布，去玉生家里。玉生独自在家拆师傅的旧毛衣。水生说："照老规矩，人开船了，衣服都要烧掉。"

玉生说："还有什么老规矩，统共就两件旧毛衣，拆了只能织毛线裤。"说着拿尺量了一下水生的腿长。水生站起来让她量。玉生又说："你不忌讳吧？忌讳就算了。"水生说："不忌讳，师傅的胶鞋我也穿的。"玉生仍在拆毛线，淡淡地说："要是那双胶鞋烂了，你就告诉我。"

水生愣了很久才说："玉生，我是来求婚的。"

10

结婚后,水生住在玉生家里。水生的叔叔担心他入赘了,赶紧叮嘱:"水生,做上门女婿等于是黎玉生娶了你,女家要送彩礼的。"水生忙说:"是我娶了玉生,而且我也没送彩礼。"叔叔说:"那你占便宜了。但我听说黎玉生肝不好,肝要是不好,将来会硬化,命苦。"水生说:"你少吃点酒是真的,我听说吃酒的人肝会硬。"叔叔摇头说:"你现在嘴硬。"

玉生家里房子小,玉生还睡她的单人床,水生在边上搭了一块床板睡觉。房间中间拉一道帘子,对面睡着玉生家的其他人。水生倒三班出入,师傅家里的人睡觉似乎都容易惊醒,他有动静,大家就都坐了起来,呆呆地看他。水生新结婚,脸皮薄,此种情形,就别提什么夫妻生活了。婚后才知道,玉生有睡懒觉的毛病,其实也不是缺点,但各种章程纪律上都认为睡懒觉是错误的。玉生睡不醒,水生早班四点半就得起床，自己给自己弄吃的，心里不免抱怨，其他工人都是老婆给做早饭的。两个月后，街道分配给他们一间房子，离汽轮机厂不远，骑自行车到苯酚厂得半个小时。

玉生说："倒不如找个离苯酚厂近一点的房子，我反正也经常请病假。"

水生说："不要，情愿闻汽轮机厂的柴油味，我不想睡觉还闻到苯的气味。"

那间房子在一个荒园后面，夏天的草长得极高，有一条不成形的土路，铺了点碎砖。荒草向着道路倒伏过来。因为是中午，阳光猛烈，草都闪着刀锋一样的光芒。第一次去，玉生走到路口就害怕了，说："我觉得阴气。"

水生说："里面还好，住了很多人家，不阴气的。"

经过荒园，玉生看到有人蹲在水井边洗衣服，有人生火做饭，孩子们在一条废弃的铁轨上玩。几排旧房子，其中有一间是他们的。比之过去住的地方，既不更好，也不更坏。玉生说，就这里吧。

布置房间，水生说墙上有霉斑，不如贴张领袖画像挡一挡。玉生说："你出门别说这个话啊，抓你起来。"两人到旧货市场买了双人床和饭桌，又买了五斗橱，钱都花光了。夜里玉生被蚊子咬醒，水生说："忘记买蚊帐了。"玉生点了一盘蚊香，两人坐在床上说话。

"我看见窗外有东西走过。"玉生说。

"是什么？"

玉生摇摇头。水生趿了鞋子推窗张望，月亮高挂在头顶，大得吓人，肥厚的鸡冠花在草丛里摇摆，道路像是银质的。

水生一阵凛然，说："外面没有人。"

玉生叹气说："不是人，大概是路过的游魂吧，今天是阴历七月十五。把窗关上吧。"

水生问："阴历七月十五怎么了？"

玉生说："你这个都不知道，是鬼生日，鬼要出门了。家家户户都要烧纸，给死掉的亲人，他们到了阴间也要花钱，也要吃酒吃肉。烧纸呢，最好是锡箔，折成元宝，最好是男人来折，如果没有锡箔就烧黄纸，黄纸便宜。烧纸就是给阴间的人发补助，纸钱要装在纸袋里，上面要写收款人的名字，这样就不会拿错了。"

水生说："现在不许烧纸，是迷信。"

玉生说："偷偷地烧，还是可以的。但我也忘了这日子，什么都没备，算了。"

水生关了窗，躺回床上，想到这么多年竟然没有给爸爸妈妈烧过纸，弟弟就更别提了。水生的叔叔没小孩，一切看穿，既不用烧纸给祖宗，也不必寄望于儿女，有时倒也会对水生嘀咕几句："等我死了，你把我一把灰撒到江里去。"多年来，家里没有祭奠的习惯，也搞不清其中的道理。水生把这个告诉了玉生，玉生笑笑说："爸爸要是活着，肯定说你没家教了。"

水生说："这算家教？"

玉生说："爸爸说过，穷人没有读过书，文化够不上，但是站有站相、坐有坐相，死了要有死了的样子。爸爸说，如果倒在街边死了，无人收尸，那不叫穷人，而是路倒尸、饿殍、填沟壑。穷人也要死得体面，子孙要让先人体面地待在阴间，这就是家教——我想想，其实也是穷讲规矩。"

水生说："爸爸讲得有道理。"

过了几天，水生下中班，半夜十一点到家里，什么都不说，拿了一包火柴出去了。玉生跟着去看，只见几个纸袋子，上面写着人的名字。玉生问这是什么，水生说，锡箔。

玉生问："你哪里买到的锡箔？"

水生说："外面没有卖的。我们车间的朱建华，他抽烟，凡是香烟壳里带锡纸的他都留着，数了数有二十四张。我花了两角钱买下来，折成了元宝。"玉生看到银色的小元宝，扁而狭长，装了三个袋子。一个袋子上写着水生的爸爸、妈妈、弟弟的名字，装了十个元宝；一个袋子上写了师傅的名字，装了十个元宝。玉生说："我爸爸分得多了。"水生说："他工资高嘛。"玉生又拿起第三个袋子，里面装了四个元宝，纸袋上写着"汪兴妹"。

水生说："我间接害死了她，也要烧纸的。"

玉生想起了根生，叹气说："既然给外人，就不要在家门口烧了，去路口吧。"

两人走到荒园里，玉生叮嘱了一声，不要给人看见。找了一个避风的地方，两条土路的交叉口，悄悄地烧纸袋子。

玉生嘴里嘀嘀咕咕，水生听了一会儿才明白。玉生说："爸爸，公公婆婆还有弟弟，只有十个元宝，很少，日子也不对，你们将就着收下，水生和我，以后还会给你们烧纸，保佑水生，今年不要再去搬原料桶了。"火光映着玉生的脸，水生肃立。玉生又说："汪兴妹，不要记恨，你要保佑根生，根生喜欢你，保佑他早点出来。"

火光灭了，两人脚下剩一堆灰烬，玉生站起来对水生说："这种事情，是要当家男人来做的。我教了你，你以后要记得，像工厂操作流程一样，是规矩。"

水生说："记得了。"

玉生摸摸水生的脸说："水生可怜，从小没有爸爸妈妈，这些都不懂。"

水生说："哎，托你的福，以后我就懂了。"

11

水生的叔叔说过,三分饥寒是家底。他真正的家底是酒精,他可以穿得少、吃得差,但每天必须喝二两高粱酒。后来叔叔自己都承认,他不是马列主义,而是修正主义。婶婶不给他喝酒,他溜出去喝,而且必须把前面损失的家底补回来,这样他一次就能喝四两、六两、八两。有一天,叔叔喝得太多,死了。他在沟边躺了一个晚上,第二天清晨被清洁工人发现。有人说他脑溢血,有人说他是被自己呕吐出来的东西呛死的。水生到太平间里摸了摸叔叔的手,冰凉的,头发花白,像结了一层霜。

婶婶说:"陈家很多人都死不见尸。你叔叔有一具尸体,就算是好死了。"

叔叔以前说骨灰撒到江里去,其实口是心非,完全瞎说。他真正的心愿是葬回乡下,但乡下什么都没了。婶婶说:"你的爷爷奶奶,还有远房亲戚,都葬在石杨附近的山上。"

水生把叔叔的骨灰坛扎在一块麻布里面,抱着过江。江面开阔,船甲板上蹲着很多农民,并一些知青。农民仰头看天,舔着嘴唇,知青们趴在船沿看江景,低声说话。渡轮上一辆卡车押着几个犯人,民兵背着刺刀步枪站在一边,这都是去石杨的。水生走到船首,看那儿浪起浪涌,心里惶恐,下一次烧锡箔,大概要准备四个袋子了。船一落岸,卡车率先开出去,后轮照例扬起尘土,像一头摇摆横行的巨兽渐渐消失了。

到了江对岸就什么车都没有了,水生跟着人群走了一阵子,渐渐地人群也分散了。有两个知青说他们是去石杨的,水生和他们结伴。知青说:"你是去送被子的吧,家里谁在吃官司?"水生说:"倒是有一个同事在那里。"知青问:"什么罪?"水生说:"破坏生产罪。"知青说:"我们连里也有一个破坏生产的。想请假回家,干部不答应,他就把镢头弄坏了四根,一根一年,判四年。"几个人闲聊着一直走到中午,知青们指指远处,看到些瓦房,一座瞭望塔。石杨到了。知青们说:"这里离劳改场还很远,你到镇上再问路吧,我们回队里去了。"

水生独自走到镇上,找到一口井,自己提着吊桶打水喝了,听到高处有人喊他。水生抬头,原来自己就在瞭望塔下面,塔上一个人伸出脑袋,居高临下喊他:"水生,水生。"是远房表哥土根,之前就约好了的。土根从瞭望塔上爬下来,拎起一根镢头说:"走吧,我们去埋骨灰。"

两人上山。土根问:"表婶怎么不来?"

水生说:"生病了。"

土根说:"我听说表婶改嫁了。"

水生说:"不要乱讲,没这回事。"

土根说:"水生,我走不动了,我没有吃早饭。"

水生说:"乡下人吃什么早饭?"

土根找了块石头坐下来,说:"我真的走不动了。"

水生从口袋里摸出一角钱,给了土根。土根说:"现在我又走得动了。"两人走了一段山路,土根说:"我又走不动了。"水生暗暗摇头,又给了土根一角钱,土根又站起来走了。土根坐了五次,快走到山顶上的时候,土根说:"不好,我们就要到了。"

水生说:"我也走不动了,你不要带我绕来绕去了。要多少钱直说吧。"

土根说:"怪只怪表叔,非要埋在山顶上,如果埋在山脚下,五角钱就够了。现在我想要一块钱。你刚才一共给了我五角,再给我五角就够了。"

水生说:"我本来打算给你两块钱的,但是要等叔叔落葬好。"

土根听了,一屁股坐在地上说:"我想要两块钱。"

水生说:"我们是亲戚,你不能走一段路就讹我一角钱。"

土根说:"乡下人穷啊。我有三个小孩,两个还光着脚,只有一个小孩有鞋子。以前表叔活着的时候,我带一把菜、几个鸡蛋到城里看他,他给我两块钱,拉我去喝酒。有时候我没有菜,没有鸡蛋,他也给我两块钱。现在表叔死了,我只有你一个城里亲戚了,但是我也不知道你住在哪里,你要不要菜,要不要鸡蛋。"土根说着抹了一把眼泪,"表叔死了啊。"

水生说:"你烦死了,不要再说了。"

两人走到山顶,此刻是深秋,风一吹过,树叶纷纷掉落。四周坟茔连绵,荒草寂寂。土根带着水生穿行走入,见到一个深坑和一块低矮的石碑。水生跪下,松开麻布的结扣,把叔叔的骨灰坛连同麻布一起放入坑中,土根用镢头将周围的土拢上,堆出一个小坟。水生从包里拿出三根香点上,磕头,站起。土根也跟着磕了三个头,抬头看看水生。水生给了土根一块五角钱。

水生说:"我爷爷奶奶的坟在哪里?"

土根说:"老坟了,找不到了。"

水生看了一圈说:"很多坟都没有碑。"

土根说:"很多全家死光了,饿死的,还有挖水库累死的。没有子孙了,墓碑也用不上了。"

水生说:"人死了,总要留个名字。烈士没有子孙,也都立碑的。"

土根说:"比如我伯伯家里,三个小孩饿死,大人也饿死,谁都不记得他们叫什么名字了。以前有各种规矩,现在都不讲了。表叔死了,按理说你也要披麻戴孝,最好再备点酒,备点肉,但你要是这么做,就变成封建迷信,民兵会来管你。这里没有烈士,全是乡下人。"

水生默然下山,两人又来到镇上,听到远处轰轰的声音,是在炸山采石。水生说:"我还有一点时间,这里到劳改石场很远吗?"

土根说:"你问这个干什么?"

水生说:"有一个同事关在里面,想去看看。"

土根说:"不给进去的,而且要介绍信。"

水生说:"那就算了。"

土根说:"其实也没有那么严。你带糖了吗,带香烟了吗?糖要整包的,香烟要整条的,你送到里面去,他们就会让你进去了。"

水生说:"都没有。"

土根说:"不要紧,你给我两块钱,我回家拿一篮鸡蛋给你,鸡蛋也是好东西。"

水生说:"那也好。"

土根说:"你把钱给我。"

水生说:"鸡蛋呢?"

土根说:"我家的鸡蛋是挂在房梁上的,如果我拿走,我老婆就会把自己挂上去。所以你得先给我两块钱才行。不然的话,我老婆就死了。"

水生又从口袋里掏出两块,给了土根。土根捏着钱下了田埂,跑出去很远,忽然回头对水生喊道:"太阳下山我要是还不回来你就别等我了。"水生发急去追,土根缩着脖子在池塘边上拐了个弯,钻进一片树林,不知道跑哪儿去了。

水生拖着两条腿走回渡口,赶上渡轮,天色渐暗,江面上凉气升起。水生想,两块钱啊,两块钱。就这么想了一路,到城里看到散场的游行队伍,拿着旗子的人们各自往回走。水生遇到玉生,问她:"今天游行什么呢?"

玉生打呵欠说:"今天打倒四人帮。"

12

水生坐在一根栏杆上,看着眼前的王德发费劲地滚动着他的第二十二个原料桶,水生已经滚了五十个桶,这一天的任务完成了。水生想,这个王德发,已经三年了,他还是像只乌龟一样笨。

王德发快要哭了。以前每人每天滚八小时的桶,现在新的规定出来,每人定额五十个桶,滚完就可以歇着。滚不完的,就一直滚下去。王德发看看水生,发现他在笑。王德发大声说:"我不干了!"

水生伸大拇指,曼声说:"有种。"

王德发想了想,继续滚桶,说:"陈水生,你现在才是有种的,你已经变成老混子了。以前你在厂里,屁都不敢放一个,什么事情都靠你师傅。"

水生说:"师傅已经死了,现在只有我。"说完撂下王德发,提着工作服到食堂门口去抽烟。王德发从远处扔过来一句话:"虽然你有种,但你好像生不出小孩啊。"水生不理。

这一天苯酚厂正在举行运动会,上夜班的工人都来了,有人跳绳,有人钓金鱼,有人骑自行车,比的是谁骑得慢。水生来了,众人一起起哄,有一个项目是滚空的原料桶。"陈水生是滚桶王,陈水生来滚一滚。"

水生看到科室里的女工也把原料桶倾斜过来,双手像打方向盘一样费劲地滚桶。桶很脏,她们穿着干净的工作服,不愿意自己胸口沾到一点灰尘和油污。水生点了根烟,在一边静静地看,觉得她们脑子都坏了。众人仍在起哄:"陈水生,滚桶王,来试试,冠军奖品是一个热水瓶。"水生叼着烟,走过去把一个空桶撂翻在地,猛踹一脚,这桶哐哐地滚到了终点线。水生冷笑:"够了吗?"众人有点尴尬。这时书记走过来,拍拍水生的肩膀说:"水生,好好比赛,你赢了的话,奖给你两个热水瓶。"水生很想说,老子今天已经滚足五十个原料桶了,而且是满的,老子不想再滚桶了,马戏团的狗熊才爱滚桶。可是又想到白天玉生在说,她的车间主任生儿子了,想送点东西过去。两个热水瓶很合适。水生披上工作服,展了展腰,对书记说:"我滚。"

理所当然,水生拿了冠军。人群中有几个青工,自忖腰腿麻利的,也不愿意和他争了。水生脱了工作服,扎在腰里,单手提起两个热水瓶往外走,一言不发。书记陪着水生走到厂门口。

水生回到家，把两个热水瓶放在桌上，看了又看。硬纸壳热水瓶，一红一黄，上面印着蝴蝶和牡丹。家里只有两个篾壳热水瓶，老旧笨重，相比之下蝴蝶和牡丹不知好看多少倍。送车间主任固然体面，放在家里自己用，也十分惬意。商店里的热水瓶计划供应，要凭票买，但是票在哪里，鬼知道。玉生回家，见了热水瓶也十分欢喜，问水生如何得来的，水生说了，玉生也趴在饭桌上看热水瓶，嘀咕说："要是每个月都有滚桶比赛就好了。"水生摇头，心想女人就是女人，平时玉生总说滚原料桶不是个好工种，现在有了漂亮热水瓶，她也不嫌弃滚桶了。

玉生说："我不舍得送出去。"

水生说："送吧。你总是请病假，车间主任不伺候好，你日子难过。"

玉生说："我知道，我会送的。心里不舍得，说出来而已。"又说："我们厂里有个图书管理员，叫荀百里，以前右派，后来摘了帽。相当有文化，会写文章，住在吉祥街的小洋房里，我去过，他家的热水瓶就是这种款式的。还有花玻璃茶杯，捷克斯洛伐克的。电唱机、电风扇、西式橡木椅子、烫金皮封面的小说，样样都好看。"

水生说："那是资产阶级了，以前都抄走。"

玉生说："现在还给他一部分了。就这一部分，看得我眼睛都直了。"

水生说："你这么一说，我也舍不得送掉这两个热水瓶了。"

玉生说："送吧。"

夜里睡下去，水生才说到另一件事，这天下午书记把水生送到厂门口，只讲了一句话：陈水生，再熬几天，坏日子就要过去了。水生不明白是什么意思。玉生猜，大概是要调离岗位，回到车间去做操作工了。水生说："这种事情不要乱猜了，我们就想想热水瓶吧。"玉生说，现在和以前不一样，可以闹了，她厂里有人闹着上吊，结果分到了一个好工种。又低声说："我一个小姊妹的弟弟是知青，听说闹得更厉害，成千上万人堵了火车铁轨，要回城。"

第二天第三天，水生在厂里继续滚原料桶，皆太平无事。到了第五天上，突然一个工作组来了，直接进了厂长办公室，把厂长带走，并在各处科室调查情况。不久得出结论，厂长贪污腐化、打击报复，抓走。群众欢天喜地，奔走相告。自从孟根生之后，厂里很久没有捉走人了，这次捉走了一个最大的，变天了。

原料仓库又多了一个搬运工，她叫白孔雀。很久以前，她和厂长搞过腐化，那时候她还年轻，在质检科工作，现在快四十了，科室里当然待不下去了。她仍然很漂亮，烫着头发，穿中跟皮鞋，像电影里的国民党女特务。她就这样出现在了原料仓库。工段长说："白孔雀，把原料桶别过来，滚到车间。"白孔雀昂头说："我叫白英群，不叫白孔雀。"工段长说："不管你叫白什么，你都白干了。滚原料桶去。"

白孔雀双手抱住原料桶，试图将其倾倒，原料桶纹丝不动。王德发笑了："这是原料桶，不是厂长。"白孔雀甩开双手，往凳子上一坐，说："不搬了。"王德发说："这个女人，煞是厉害。要像当年治汪兴妹一样治她，她就服气了。让我来。"王德发走过去，伸手抓白孔雀的头发。众人劝阻："不可以这样。"王德发已经薅住了白孔雀的头发。白孔雀怒目圆睁，吐了王德发一脸口水，一爪掴在他脸上，从额头至腮帮子拉出五道血杠。王德发惨叫一声逃出。白孔雀冷笑说："拉我去保卫科，照老规矩，当场枪毙或打死，我自然服气。原料桶，我是不搬的。"众人服气，说今天遇到江姐了。上报工厂领导，领导也不知道该拿她怎么办，最后送去了工厂幼儿园，隔着一堵墙就是骨胶车间，恶臭弥漫，她在恶臭中负责看管一群流鼻涕的工人子弟。

水生说："我觉得自己就像埋在土里，拱一下，土就松一点。看到别人拱出去了，我也要想办法。"玉生说："你能掴谁呢？你只会坐在一边冷笑。"水生有点生气，玉生说："我不是怪你。你上次比赛赢了两个热水瓶，以后不要再去比了。"水生问："为什么？"玉生说："他们叫你滚桶大王。"

又过了几天，水生回家，翻箱倒柜找东西。玉生奇怪，水生说："我在找文凭，工专的文凭。"玉生说："怎么了？"水生说："忽然要调我去苯酚车间做管理员，我是工专毕业的，也就是中专文凭。"玉生笑说："请问，你从哪里拱出来了？"水生说："我也不知道啊，我没有拱过。但是按文凭，我应该做技术员的，然后是助理工程师，然后等到我头发白了，就是工程师了。真的不骗你。"玉生说："我以前听爸爸说，你是干部，轮到结婚时，你是个搬运工。没想到你其实是个工程师，我嫁给了工程师呢。水生，你大概时来运转了。"

水生找了半天，没找到文凭，大概早就当废品扔掉了，没奈何，只能到以前的学校去补一张了。水生坐在床沿上说："虽然有点麻烦，但我还是高兴的。玉生，我一想到王德发今后还在搬原料桶，就想笑。我开心得要死，这样不厚道，我想起我爸爸从前对我说的话了。"

玉生问："说了什么？"

水生说："将来我会告诉你的。"

13

玉生婚后始终不孕。她身体不好，有时想想，自己不一定拖得动小孩，也就算了。但是苯酚厂的消息又传到玉生耳中，有人指着水生骂他断子绝孙。这一年，玉生三十岁了。

苯酚厂搞技术革新，水生和邓思贤合作改进了原料管道，厂里发了二十元奖金，两人各得一半。车间里一台真空泵经常被击穿，水生想了个办法，在泵里衬毛毡，减缓冲击力，去仓库领料时告知必须是羊毛毡。东西到手，剪了一块下来给玉生做鞋垫，玉生怕冷，冬天脚上常有冻疮。苯酚厂效益不错，福利渐好，一年四季三套工作服，各类劳保用品定期发放，计有：纱手套、橡胶手套、胶鞋、雨衣、劳动皮鞋、安全帽、肥皂、香皂、电焊眼镜、皮带。技术员另有橡皮、铅笔、钢笔、墨水、直尺、丁字尺、三角尺、卷尺、铅笔刀、订书机、回形针、胶水、图纸、信笺、工作手册等等。为让技术人员午饭期间有消遣，每人还发一副象棋，扑克牌是不许玩的，容易赌博。

水生有了自己的办公室，在苯酚车间后面，一排新造的水泥平房，窗框尚未来得及装上去。水生和邓思贤两张办公桌相对，一口崭新的铁柜，放各种文具、图纸。透过窗洞，看到一株香樟树，细细一根，带几簇叶子，种在新翻的土中。水生知道这种树比较容易成活，到他退休的时候，大概可以长成一片浓荫。厂里花房也可以经营了，卖盆栽植物给职工，有一种草，顶端的叶子是红的，下面则是绿的，冷不丁看上去以为是开了一朵红花，其实是叶子，常年都红着。水生花五角钱买了一盆，带回家给玉生看。玉生卧病在床，问是什么花，水生说他也不知道，花房老头也没说清，只是好看，其他地方都没见到过。

这一年，水生在苯酚厂翻了身，既做了技术员，又有了办公室，最主要是不用倒三班了，容光焕发，气色渐好。玉生倒是隔三差五病休，在家歇着。玉生的身上，有一些先天的小姐脾气，年轻时不觉得，到三十岁忽然发作出来了。荒园后面那片人家，大部分是普通工人、待业人员，都没什么文化，玉生一向不愿意打交道，不料认识了一个叫梅凤英的大嫂，相当热心，互送些蔬菜点心。水生起初不觉得有什么问题，忽然一天，玉生说起厂里的事，脱口而出："日你妈妈。"水生呆了半晌，说："玉生，你学会骂娘了。"玉生窃笑，说是跟梅凤英学的。

过了几天,隔壁李阿姨来寻衅,要占玉生家生煤炉的位置。那个地方,只是一个毛竹棚子,上面搭些石棉瓦,三五家街坊都在瓦棚下生火做饭,拥挤不堪,破烂不堪。玉生觉得,抢这种地盘殊为低级,但要是没有这个地盘,就得在露天做饭,不抢不行。李阿姨扔了一堆煤灰在玉生的脚边,口中"日你妈妈"不休,并试图动手拎走玉生的煤炉。玉生用身体挡住煤炉,脸涨得通红,鼓足勇气骂回去:日你的妈妈。李阿姨撒泼,要打玉生,亏得梅凤英过来,口水加耳光齐飞,双方混斗一气。水生下班,见桌上热菜热饭热汤,玉生头发梳得整整齐齐,穿着最喜欢的哔叽外套、白皮鞋,脸上两道血杠,傲然坐在饭菜边上,手里抛上抛下,是个金耳环。水生问发生了什么,玉生说:"今天这顿饭,是我打出来的,你要吃饱吃好。日你妈妈。"水生不敢吃,外面一阵啰唣,李阿姨的丈夫过来讨金耳环了。玉生坐着不动,只说:"耳环是我打架赢来的,要讨回去可以,让你们家的女人自己来。你想动手也可以,须得打赢我的男人。"水生忙打圆场。李阿姨的丈夫身量瘦小,愁眉苦脸,连鞠三躬。玉生消气,说:"接住了。"把金耳环抛给对方,转头招呼水生:"吃饭!"

关上门,水生竖起大拇指:"玉生,打得漂亮,有气势。"

玉生冷笑:"样样东西都是打出来的,打赢了好,打烂了更好。你啊,人前赔笑,人后给我壮胆,什么意思?我是敢死队,你是文工团?"

水生忙赔笑说:"我话还没讲完——这两年太平一点了,

再打就不文明了。"

玉生说:"不为阶级斗争打,为个煤炉还是要打的。想把我的煤炉踢到街上,那是认错人了,我也是大杂院里出来的,并非洋房里的大小姐。"

水生说:"你把人耳环拉了下来,怕是连耳垂都拉豁了。下手也蛮狠的。"

玉生说:"是梅凤英拉下来的,我捡起来了。我脸上也两道血杠,扯平了。"

水生打圆场说:"扯平了,扯平了。"

两人笑笑,端起饭碗,刚吃了一口,只听远处传来李阿姨拍屁股惨号的声音:"你们家,断子绝孙哟——"后半句没喊清楚,似乎是被人捂住了嘴。水生与玉生面面相觑,说不出话来。

断子绝孙这句话,自此刻在玉生的心里,她忌讳别人说这个,但这四个字实在是中国人赌咒或相骂时的家常便饭。有一次梅凤英无心说了句:"我要是骗人,就断子绝孙。"玉生听了不悦,转身就走。梅大嫂此人,十分热心,过来劝玉生,三十岁的人了,应该生个小孩了。玉生受师傅当年的教诲,曾患肝炎一事断不能随便告诉别人,只能推托说自己身体不好,阴虚贫血。梅大嫂说:"中医院有一个医生,我认得,家世极好,能治妇女病的。"玉生猜到是谁,仍问:"是哪个医生?"梅凤英说:"姓何。"

玉生走到中医院门口,这里人很多。医院对面是一座庙,初一十五早晨，从乡下或是江对面坐船过来的老太太便塞满了马路，她们穿着蓝布褂子，头上扎着毛巾，脖子上挂着土黄色的香袋，一声不吭排队等烧香。庙中一群和尚，都是新来的，嘀嘀咕咕，走路低着头。玉生记得，六十年代这里完全荒弃，和尚赶跑，庙里没有菩萨，没有天王，只剩一个空壳。现在供的是观音还是如来呢？

玉生走进中医院，挂号，在二楼看到小何医生，他已经快四十岁了，前额显秃，变得非常有权威的样子。他坐堂，两个年轻医生站在身后，用心聆听，飞快地记着笔记。小何医生现在是主任了。玉生想，中医必须得像他这样，稍稍显老，才能有模有样。玉生又想，自己这一坐下去，无论诊断还是叙旧，势必要说到自己的爱人，如何介绍呢？说水生是工程师，应该可以吧，最起码助理工程师。

玉生在候诊处向小何医生张望了很久，排队的人很多，一个一个叫号进去，像一层一层台阶，费劲地靠近。玉生想，活着真没意思，其实很想争气生个孩子，但居然让何神医说中了。何神医到底是治病还是算命呢，如何看一眼就知道自己生不出好胎呢？当初真应该问问何神医，自己什么时候死掉啊。

玉生心中失望，不再等号，走出中医院，长舒一口气。排队烧香的老太们仍未散去，玉生问："庙里有供送子观音吗？"老太说有。玉生捏着病历卡走进庙门，地方不大，从天王殿进去，早先的两棵柏树还在，然后就是大雄宝殿，正面是如来佛，后面是观音。观音金身，披一件金斗篷，高高在上，手中抱着一个泥塑木雕的古代男孩。玉生拉过蒲团，跪下去，磕了一个头，直起腰仰望观音，观音的眼神总像是答应了世人的一切祈求。玉生又磕了两个头，大慈大悲的观音菩萨，求你让我黎玉生有一个孩子吧。观音仍是那样看着玉生，像是早已知道了她的一切祈求。

14

水生第一次喝牛奶是在厂里，苯酚车间的营养品——牛奶，白色的，装在特制的牛奶瓶里，有一个纸盖，揭开后纸盖上会结一层奶糊。工人舔奶糊、喝牛奶，然后，他们就拉肚子了。

得过很多年，水生才会听说"乳糖不耐受"这个词，在苯酚车间喝牛奶并且集体拉肚子的日子里，他只能认为，大家的肠胃都太饥饿了，终于吃上了营养品，但没有这个家底，就会全部拉稀。

苯酚车间发生了一次小小的骚动，工人抗议说："我们不要喝牛奶，我们要吃红烧肉！"厂长很苦闷地告诉大家，牛奶是解毒的，只有有毒车间的职工才能享受这种待遇，而红烧肉虽然好吃，但它并不在营养品名单上，不仅红烧肉，你们能想出来的东西，鸡鸭鱼蛋，猪肝牛肚，一概不能解毒，只有牛奶,只能是牛奶。

"可是我们喝了牛奶拉肚子啊。"工人们一片惨叫。

厂长耸了耸肩:"我也不想请你们喝牛奶,不管是营养品还是泻药,都不想。但这是局里规定的,是你们的福利。如果你们不喝,可以倒掉。"

"可是我们不舍得啊,资本主义才把牛奶倒掉。"工人们继续惨叫。

厂长说:"那你们想怎么样?"

"我们想把牛奶卖给厂里,你给我们钱就可以了。"工人们说。

厂长说:"这个坏主意是谁想出来的?"

工人们一指水生:"他。"

厂长把水生叫到办公室,臭骂一顿。宿小东此时已经是副厂长,端着茶杯在一边冷笑说:"陈水生想搞罢工运动了?"这个罪名太大,厂长回过头把宿小东也臭骂一顿,让他出去。水生等厂长发光脾气才说:"喝了牛奶,一大半人拉肚子,全都蹲在厕所里,苯酚质量上不去。我听说豆浆也是解毒的,但是比牛奶便宜。不如让大家喝豆浆,省下来的钱再发给工人做补贴,他们爱喝什么都可以自己买。大家会觉得,厂长您又开明,又讲原则。"厂长听了有点高兴,书记也觉得这个主意不错,只叮嘱水生,以后不可聚众闹事,有问题递纸条反映上来即可。水生忙说,聚众这事儿不是他干的,他只是掺和而已。书记说:"即便如此,做狗头军师也是不好的。"水生出了办公室,听到厂长在里面说:"这个陈水生,技术不错,搞政工也蛮有头脑嘛。"

第二天,苯酚车间的工人喝到了豆浆,营养补贴按月发到手里。骨胶车间和化肥车间的工人都不干了,他们站在厂门口嚷:"我们车间一样臭气熏天,为什么没有牛奶豆浆?"

水生说:"因为骨头腐烂的臭味不是有毒气体。"

机修工段兴旺说:"可是真的很臭啊。"

水生耸肩说:"可是你闻着这种臭味不会生癌。"

段兴旺说:"可是我师傅照样生癌啊,肺癌。"

水生耸肩说:"你师傅是抽烟抽多了。"

段兴旺说:"你再学厂长耸肩膀,我就打你。"水生听了拔腿就跑。女工们一起讪笑,摇头说:"陈水生,自从你做了技术员以后,就虚胖了,变成一个坏种,枪也弯了。"

水生为防挨揍,在厂里转了一大圈才回办公室,走到香樟树下面,发现段兴旺在等他。段兴旺常年做机修工,脏、臭、油,像一块行将废弃的抹布蹲在树下。他的工作服可能有十年没洗了,稍稍用指甲划一道,就能抠下来半两油灰,他的裤子上打满了补丁,放在过去,他是艰苦朴素的代表,但现在是八十年代了,《八十年代的新一辈》这首歌大家都会唱。水生心想,我还真不是怕挨揍,段兴旺只要抱住我,我就完蛋了。

段兴旺走过来,贴近水生。水生没跑,打了个哆嗦,因为段兴旺的脸上满是哀求，他说："陈水生，我刚才想了想，我要调到苯酚车间。你帮我说说吧。"水生诧异，忙说这种事情最好去求车间主任。段兴旺说："机修工搭伙技术员，主任说了，哪个技术员要我，就调我进来。"水生沉吟道："你还是去问问邓思贤吧，他现在是工程师了，你要喊他邓工。"段兴旺说："邓工太忙了，他根本不想管我的事。我觉得你比较闲。"水生说："我闲个屁。"

水生撂下段兴旺，走进办公室，段兴旺跟了进来，他堵住门，又蹲了下来，恶狠狠地对着地面说："我是粗坯，不会讲话，得罪了你。但是我干活很卖力，你做技术革新，用上我，肯定不会吃亏的。"

水生说："段兴旺，你一直很讨厌我，为什么要我收留你？"

段兴旺说："因为苯酚车间奖金比较高。"

水生说："你倒实诚。但是苯酚有毒，会生癌，以前调人进来，都哭爹喊妈像充军发配。"

段兴旺说："以前营养费只有几角钱，想想不值得。现在营养费高了，还有补贴，还有豆浆牛奶。"

水生说："所以你不怕死了？"

段兴旺说："家里穷，没办法。我的老婆是个神经病，看见别人买电风扇，她也要，别人买收音机，她也要，最近她要买一台十二寸黑白电视机。我想去卖血，人家一听我是苯酚厂的，直接把我赶出来了，说我的血不合格。

以前日子过得很苦，但没有那么多东西要买，现在世道不一样了，钞票稍微多了点，样样东西都要买齐才开心，还是苦。"

段兴旺抱怨了有一刻钟，水生听得头昏眼花，只好说："明天我去找主任谈谈。"段兴旺大喜，跳了起来，想拍水生的肩膀。水生大喊："段兴旺，你不要碰我！"两人约法三章，水生去申请调令，段兴旺必须勤洗工作服，不准勾肩搭背，另外，万一生癌就算自己倒霉，怪不到水生头上。段兴旺唱着歌走了。

水生刚坐下，又来了两个青工，一个绰号长颈鹿，一个绰号广口瓶，都在教育科培训，他们刚进厂半个月就已经赢得了各自的绰号，说明混得不错。长颈鹿吊儿郎当坐在水生的办公桌上，广口瓶反骑在椅子上，双臂抱住椅背忽闪着眼睛。水生说："你们想干什么？"

长颈鹿说："陈师傅，陈老师，陈技术员。"

水生说："有话就说。"

长颈鹿说："听说厂里嫌我们俩太闹，要把我们分配到骨胶车间和化肥车间去，我们不想。求你帮个忙，让我们进苯酚车间吧。"

水生说："如果是这件事，请你，他妈的从我办公桌上滚下来，坐到凳子上去。广口瓶，你也坐正了。"

长颈鹿从桌子上溜了下来。广口瓶拿出两包香烟，放在水生的办公桌上。水生伸手拿住烟，长颈鹿又坐回到了办公桌上。

广口瓶说:"把我们搞进苯酚车间,香烟就是整条的。"

水生拍桌子说:"你给我十条香烟,我也得送给车间主任。不识好歹,长颈鹿,滚下去!"

15

苯酚车间工段长朱建华有一个坏习惯,喜欢跟在别人后面,别人说什么话,他就掏出小本子记下来。如果你说了很过分的话,这本本子就会出现在书记的办公桌上。本子里记录了十多年来车间里各色人等的窃窃私语,从师傅,到李铁牛,到根生和水生,甚至包括宿小东,全都收录在内。但人们没机会看到,只有书记能看到。

广口瓶说:"他妈的,厂长是个假洋鬼子,喜欢耸肩。"

长颈鹿说:"为什么职业病体检没有我的份?"

朱建华跟在后面,掏出本子,记了下来。

广口瓶回头说:"你在干什么?"

朱建华说:"这不用你管。"

长颈鹿说:"我听说你有一个小本子专门用来告密的。"

广口瓶说:"我们发发牢骚而已,你记什么呢?给我看看。"

朱建华郑重其事地将小本子塞进左胸的口袋里,然后竖起右手,像打八卦掌一样摆了一个战斗英雄的姿势,说:"不行，你没有资格看。"

广口瓶被激怒了，他使了个绊跤，朱建华倒在地上。长颈鹿大笑着从他口袋里扒出了小本子，朱建华为了保护自己的本子，在长颈鹿的手上咬了一口。长颈鹿揪住朱建华的头发，朝他嘴巴上打了一拳。广口瓶疯了，跳到朱建华身上，蹦了二十来下。朱建华觉得自己的肋骨快要断了，于是惨叫起来。

朱建华的小本子得以在苯酚车间展出，现在广口瓶和长颈鹿成了青年英雄。人们发现自己说过的那些歪话、怪话、反动话，多多少少都被朱建华记录在案，有些够自己去坐牢，有些够回家被老婆痛打一顿。人们起初很开心，后来忍不住打起寒颤。段兴旺扶起受伤的朱建华，教育道："现在和以前不一样了，你的小本子没有用了，不要再记了。"朱建华哭丧着脸。段兴旺继续教育："朱建华，历朝历代，告密的人都没有好下场的。"朱建华点点头，表示自己接受教育。段兴旺说："日你妈妈，你居然记下老子摸了白孔雀的屁股。"段兴旺越想越生气，虽然朱建华已经负伤，但还是忍不住又打了他一个耳光。

水生夹着一卷图纸进车间，看到闹哄哄一团，工人们没有守着仪表盘，而是在打架，分开人群一看，朱建华坐在地上哭。邓思贤把水生拉到一边，递上本子。水生一边翻看，一边发笑说："这都换了好几本了，以前没人敢抢过来，连我师傅都不敢，连孟根生都不敢。"

邓思贤说："现在问题大了，他们打了朱建华。"

水生说："你最好去告诉车间主任。"

邓思贤说："主任也被他记在了本子上，主任说他不想管这件事，随便。"

水生说："那你只能去找书记了。"

邓思贤说："书记出去开会了。"

朱建华哭着说："把本子还给我。"

长颈鹿说："不能还，我们决定烧掉它。"

水生不同意，觉得烧掉一个本子没什么意思，朱建华本人才是祸根，但你不能把朱建华给烧了。水生劝了几句，众人都不答应。邓思贤说："你把羊毛毡搞来做鞋垫的事情他也记下来了。"水生吓了一跳，忙翻小本，找到这一条，问朱建华："你是怎么知道的？"朱建华坐在地上说："我偷听到你和邓思贤说的，我汇报到书记那里去了，没有整治你们是书记放你们一马。"讲到书记，朱建华又觉得胆量有涨，说："书记会给我做主的。"

水生说："你这么硬气，我也没话可说了。"

苯酚车间的工人把朱建华押进了休息室，这期间不知道有多少黑拳抡在了他脑袋上。广口瓶不顾众人反对，把小本子放在朱建华的茶缸里点火烧了，这么干非常危险，苯酚车间是禁火的。广口瓶对朱建华说："我知道你不怕死，我也不怕，你看，我在车间里点火。我怕不怕死？"朱建华说："爷爷，你不怕。"那本子烧成灰烬，冒着烟，广口瓶往茶缸里浇了点水，变成黑糊糊的稀粥状的东西，又拿过朱建华的吃饭勺子搅了搅，端到他面前。

"吃下去。"

朱建华不肯，长颈鹿在他脑袋上又打了一下，这次肯了，就着勺子吃了一口。众人鼓掌。

广口瓶说："不用我喂你了，自己吃吧。"朱建华端起勺子，战战兢兢吃他的纸灰。广口瓶说："我知道你认识书记。我要是被开除了就来找你，到时候你吃的就不是纸灰了，有可能是你身上的某一部分器官。"朱建华点头，继续吃，眼泪啪啪地掉下来。

干完这件事，大家都松了一口气，朱建华不会再去告密了，告密者朱建华吃下了他告密的纸灰，妖怪身上贴了一道符咒，他坐在地上哀哭的样子像个女人。水生摇头说，其实朱建华只是怕死。那一年，像广口瓶这样的青年四处出没，在大街上疯狂斗殴，使用铁棍和三角刮刀这样的武器，有时杀人仅仅是为了一句口角、一个眼神。水生坐在办公室里，感叹了一句。邓思贤说："想想我当年，什么人都没得罪，就被送去劳改了。我没有口角，也没有眼神，只是用脚踢了阀门。"

水生无语。过了几天遇到书记，水生想，这事儿闹大了，书记怎么一点反应都没有呢？水生和书记关系很好，忍不住问了。书记叹气说："我也不想看到朱建华的小本子，但我让他定期送过来，还是看一看，表扬他。"

水生说："书记，这么做合适吗？"

书记说："合适，因为我如果不表扬他，他就会把本子送到别人手里，甚至送到局里。总有人想拿着这些东西做文章的，那还不如交给我呢。"

16

车间主任把水生叫到办公室,说:"你来看看这个。"递给他一张纸。水生一看,是段兴旺的补助申请,字迹歪七扭八,像是用扳手写出来的。

车间主任说:"我每天收到这种东西,我烦死了。"

水生说:"段兴旺家里穷。"

车间主任说:"胡说,他刚买了一台电视机。"

水生说:"他借钱买的。我五十块,邓思贤五十块,他还去找别人借,借不到了。"

车间主任说:"那么段兴旺到底算是有钱还是没钱呢?"

水生说:"他有钱看电视,但没钱吃饭了。"

车间主任仰天长叹,把段兴旺的补助申请撕了。水生在一边看着,愣了一会儿才说:"你叫我来有什么事?"

车间主任说:"我找你来抱怨。像段兴旺这种人,放在以前，就打倒了。现在不能打倒他，也不能批评他，还要给他补助。补助名额是有限的，而且规矩变了，以前每个车间有三个补助名额，现在全厂总共二十个名额，由车间主任去工会申请，还要对宋百成那个王八蛋低三下四。你说说看，我一个主任，补助申请下来我一毛钱都得不到，我凭什么要对宋百成这个王八蛋低三下四？"

水生说："我也听说了，上个月我们车间一份补助都没拿到，骨胶车间拿到了六份。"

"一份补助二十块、三十块，顶一个月的奖金。你师傅活着的时候说过，补助是国家给工人的钱。现在他妈的真的变成了宋百成的赏钱，他想给谁，就给谁。"车间主任摇头说，"我想到一句话，时代不同了。"

水生也跟着一起摇头，走出办公室，看见段兴旺躺在地上，忙回头招呼。车间主任跑出来一看也傻眼了，段兴旺呈大字型躺着，嘴里叼着半截香烟，瞪着他们。段兴旺说："我刚才在门口看见了，你把我的补助申请撕掉了。"

车间主任骂道："那又怎么样？"

段兴旺说："我穷，没本事，买得起电视机吃不上饭，我已经两个月没吃早饭了。找你申请补助，你居然这样对我。"

车间主任说："你可以不买电视机吗？"

段兴旺说："不行，我老婆要电视机，如果不买，她就不跟我过夫妻生活。我上半年没过上一次夫妻生活，那个滋味，比不吃早饭更难受。"

车间主任说:"好了好了,你不要再说了。"

段兴旺在地上打了个滚,说:"我已经没力气说话了,让我躺在这里吧。"水生看不下去,忙打圆场。段兴旺说:"喂,不要怪我难看,当年你的师傅,也就是你的老丈人,曾经在这里跪过,做了一个很好的榜样。你难道忘记了?"

水生听了,扭头就走,车间主任把他们两个都叫进办公室,拿出那堆撕碎的纸,一共十二张,拢了拢,交还给段兴旺。"搞点浆糊,贴好了让陈水生送到工会去。"

段兴旺说:"你也太不严肃了,我重写一张吧。"

车间主任说:"你写字比抢扳手还费劲,我以为你不会愿意再写。"

段兴旺说:"好歹也值二十块钱,我这辈子从来没靠写字挣过钱呢。多写点吧。"

水生说:"为什么让我送过去?"

车间主任说:"因为我不想再管这种屁事了。你那么喜欢段兴旺,那就你去吧。如果申请不下来,段兴旺同志,请你躺到陈水生的办公室门口,不要再到我这里来了。"

水生拿着段兴旺重写的申请书走到工会门口,纸上的字迹还是像用扳手抢出来的。宋百成站在办公桌后面,手里拿着一支毛笔,笔尖挂着一滴墨汁,笑嘻嘻地看着水生。水生忽然想,自从师傅去世以后,他就再也没踏进工会一步,再也没有和宋百成说过一句话。

"你们主任打电话过来,说补助申请的事情委托给你来办。"宋百成说,"陈水生,申请补助靠两条,哪两条你知道吗?"

水生很讨厌宋百成说话的口气,但不得不顺着他问:"哪两条?"

宋百成说:"第一,申请人得足够穷、足够困难;第二,提交人得足够有口才、足够有水平。"

水生递上段兴旺的申请,说:"段兴旺已经很久没吃上早饭了。"

"那是节约,不是穷。"宋百成搁下毛笔。水生注意到他的办公桌上有一张铺开的报纸,上面写着巴掌大的楷体字,报纸前面还摊开一本字帖。宋百成说:"段兴旺的字实在是太难看了,这种申请书应该直接退回去。"

水生说:"你刚才说只看两条。"

"开个玩笑的嘛。"宋百成拍拍水生的肩膀,又往报纸上添了一笔,"我在练欧体字,九成宫醴泉铭。"

水生完全看不懂,只知道工会的人都练毛笔字,都练刻图章。有了这两条,他们就能继续干下去了。

水生出来,段兴旺在楼下等,追着问他结果。水生说:"宋百成什么都没说,只让把申请放在他案头,他会处理。"

段兴旺说:"你就一句话都没说?如果你不说,我为什么要托你上去呢?"

水生说:"我说了。"

段兴旺说:"你说了什么?"

水生说:"我说,你因为穷,所以没娶上一个好老婆。你的老婆只想要电视机、电风扇,如果不买就不跟你过夫妻生活。你的老婆贪图享乐是错误的,但这个错误不能归到你头上,最起码这个月不能。这个月你不但没吃上早饭,还欠了很多中饭和晚饭。如果一个男人既没有夫妻生活也没有饭吃,他就会死掉。"

段兴旺听到这里沉吟了一下,说:"你把夫妻生活的事情也在工会里说了?"

水生说:"你刚才躺在地上自己喊出来的。"

段兴旺摸摸头说:"这个事情说出来好像不太好啊。"

水生说:"豁出去了。"

段兴旺说:"嗯,豁出去了!"

过了一个星期,工会打了个电话给段兴旺,让他去拿钱,三十块。段兴旺乐疯了,他抡起扳手在铁管上敲了二十多下,全车间的人都听到了,跑过来问情况。段兴旺说,陈水生太厉害了,他居然把补助给申请了下来,陈水生是一个人才啊。苯酚车间的工人们都很惊讶,问段兴旺:"现在规矩变了吗,'没有夫妻生活',凭这个也能拿补助了?"段兴旺说:"大概是的。"苯酚车间老的小的、男的女的,都说自己没有夫妻生活,都要水生去递申请。水生被他们堵在办公室里,费了很多口舌没说清楚,最后大喊了一声:

"领避孕套的时候你们一个都没少啊!"

17

水生当年买回家的那盆花,玉生后来问清了,叫做一品红。一品红可以扦插,玉生手头恰好有一本花木园艺的旧书,照着书上的办法试了试,居然成活不少。沿着屋子种下去,非常好看,玉生心情也好。有时她会摘下叶子,用水煎了喝,调养自己的病。水生自此又买了仙人球、文竹、太阳花等等,玉生脾气也怪,独喜欢一品红,且讨厌鸡冠花。某一天水生扛了锄头,干脆把屋子前面的鸡冠花全都铲除了。

水生对玉生说:"不要考虑生孩子了,我们去领养一个吧。"

玉生说:"我身体不好,本来不想有孩子了。有时想想,我大概会死在你前面。死得早的话,你可以再娶一个,死得不太早呢,就要劳烦你照顾我。总之我是要死在你前面的,没有人照顾你到老。我想了想,水生命苦,就去领养一个小孩吧,不管男女,将来能照顾你到老死的。"

水生说:"虽然如此,小孩长大了不见得就留得住的。我们不要说死的事情,考虑活着的时候吧。"

玉生说:"你想到哪里去领一个小孩呢?"

水生说:"乡下堂哥土根,大前年来过的,他家里有一堆小孩,养不活那么多,他愿意过继给我一个。"

玉生说:"也好,都是陈家的。但土根我记得他三个小孩都很大了,怕养不熟。"

水生说:"现在他已经有五个小孩了。"

玉生说:"哎哟,乡下人真能生养啊。"

水生说:"是啊,穷归穷,生起小孩真是卖力。"

玉生说:"什么时候去乡下?"

水生说:"不用,土根已经把小孩抱到城里来了,明天就可以给你看。"

玉生说:"水生,只要你同意收养,我一定好好养大他。"

第二天土根出现在水生家门口,抱着小孩,用黑乎乎的小棉被兜住头脸,扛在肩头。小孩一直在睡。土根一会儿笑,一会儿又哭丧着脸。水生陪着他过来,站定在家门口,也不敢进去。土根说:"水生,我穷啊,我以前穷得没鞋子,都不曾卖儿卖女。"

水生不耐烦地说:"这哪是卖儿卖女呢?"

土根说:"说起来,总归是我不要她了。我小的时候闹饥荒,我爸爸只剩下一点吃的了,我还有个弟弟。我爸爸跟我妈妈商量说,总归两个小孩要扔掉一个,一个死了,总比两个都死的好。我偷听见了，就天天缠着我爸爸，让他不要扔掉我，每分钟都叨咕：'你不要扔掉我哎，爸爸。'"

水生说："后来呢？"

土根说："当然是扔掉了我弟弟啊，不然我还能在这里和你说话吗？可怜我弟弟，那时还不会讲话、不会走路，他就算知道自己的下场，也缠不住我爸爸啊。扔小孩是罪孽啊。"

水生说："没把你弟弟煮来吃了都不错了。"

土根说："你不要污蔑我们乡下人，就算全家饿死，也不能吃我弟弟，最多是扔掉。扔掉也罪过啊，像我这样，罪过啊。"

水生说："你说到哪里去了？现在哪是扔掉呢，我们家的条件比你家好多了。但是……"

土根说："所以我一想到这里又笑了，你是城里户口，我的小孩有一个变成城里人了。"

水生说："过继给我，就是我的小孩了。土根你太烦人了，你先过了玉生这一关吧。"

玉生听到外面动静，起身开了门，见土根和水生站着，忙招呼他们进来，并找杯子倒茶。土根和水生两个却蹲在门口发抖。玉生说："怎么了？门口风大，不要冻着孩子。"水生硬着头皮进来，把门掩上，土根仍是蹲在外面。

水生拉玉生坐下，咽了一下唾沫说："事情是这样的……"

玉生说："土根变卦了？"

水生说："土根没变卦。土根的情况是，从老大到老三的年纪都太大了，不适合收养。"

玉生说："这个我知道，老四和老五。"

水生说："从老大到老四，都是女儿，只有老五是个儿子，刚生下来。土根虽然穷，断不肯把儿子给我的。他们家上一代已经扔掉过一个儿子了，说是有报应的，土根的爸爸妈妈都是暴毙的。"

玉生说："说得吓死我了。我不必要儿子的，女儿也很好。"

水生说："所以只能是老四，但这个老四，土根抱到城里来，其实是为了给她治病……"

玉生明白了，说："生的什么病？伤风感冒，或是胎里病？如果是个白痴，那我不要的。"

土根在门外说："不是白痴！"

玉生焦躁起来，隔着门大声问："到底是什么？"

水生说："我也刚知道，是个豁嘴，就是兔唇。一岁半了。"

玉生觉得嘴里发苦，很想像乡下女人一样坐在地上大哭一场，但眼眶干涩，只是抹了一把不存在的眼泪。三个人都愣了一会儿。土根说："玉生要是不喜欢，就算了。我先走了。"

玉生骂道："我贴你一百块钱，要老五。"

土根说："就是贴一千一万，再加两头牛，我也不能，我老婆会上吊的。"

水生知道玉生是说气话，忙拍她后心安慰。玉生喝了口水，稍稍缓过来了，才说："让我先看看这个小孩。"土根仍不肯进来,玉生把杯子顿在桌上,水都溅了出来,走过去拉开门。小孩仍在睡觉。

土根把小孩交到玉生怀里,小孩的头靠在玉生肩膀上,并没有醒来。玉生低声说:"你给她吃安眠药了?"

土根说:"没有,她就是爱睡。"

玉生抱着小孩,轻轻摇晃,但并没有揭开棉被看。土根等了很久,玉生还是不动手,只是侧过头,仿佛在聆听某种细微的声音。土根轻轻伸手,把棉被揭开一点,露出小孩的脸,正靠在玉生肩头。水生在玉生背后看到了,倒吸一口冷气。玉生说:"样子吓人吗?"

水生说:"还好,动个手术就没事了。"

玉生说:"眼睛眉毛呢?"

水生说:"都不缺。"

玉生说:"好看吗?"

水生说:"还好。"

玉生说:"我不看了,你做主吧。"

水生走过去,摸了摸玉生的头发,又摸了摸小孩的头发,然后从抽屉里数了二十块钱,给到土根手里。

土根说:"我要走了,天黑赶不上船了。我以后能来看她吗?"

玉生没抬头,说:"不可以。"

土根说:"我也想看看她治好病以后的样子。"

玉生说:"给你看照片吧。"

土根说:"好吧,我罪过啊……"

玉生说:"你烦死了,过年来看她吧。记得带点鸡蛋。从今往后,你就是她的伯伯了。"又问:"你老婆同意了吗?不要我领走了,她过两天又来讨还,我不答应的。"

土根说:"我老婆早就不想要她了。她娘家扔小孩是村里出名的,她有个姐姐出生时候黄疸有点高就被扔掉了。"

玉生说:"该死。"

土根要回去了。水生觉得过意不去,送了几步,土根擤了一把鼻涕,把他推回去。水生说:"二十块你不要嫌少。"土根说:"二十块是车马费。我真要卖小孩的话,二十块当然不够,但如果是个豁嘴的小孩,倒贴二十你都不一定要呢。这笔账不要算啦。"土根拍拍水生的肩膀,连擤了好几把鼻涕,弄得自己眼眶通红,转身顶着大风走了。

这一天晚上,玉生和水生把小孩放在床上。小孩先是哭,玉生哄了几下,喂了点粥,小孩睡了过去。屋子里很静,一盏八瓦灯头挂在饭桌上方,昏黄黯淡,仿佛还是和从前那些年一样,但他们心里知道,这间屋子里从此多了一个小孩。小孩会哭会闹,会说会跑,会长大。玉生叹了口气,和水生商量了一下报户口的事,又说哪家医院比较适合做手术。水生说:"要给她起个名字。"

玉生说:"她以前叫什么名字?"

水生说:"不知道,没问。乡下人的名字不会好听的。"

玉生说:"我想,你名字里有个'生',我名字里也有个'生',干脆让她名字里也有个'生'吧。"

水生说:"那听起来像差了辈分。"

玉生说:"不管它。"

水生想了想说:"叫她谋生吧,谋就是很有智慧的意思。不要像我这样一根筋地活下去。"

玉生说:"难听死了,谋生,像讨饭的。"

水生说:"那你想想。"

玉生想了想说:"叫复生吧。死而复生。"

水生说:"复生挺好的,你就不要说死不死的了。"

玉生轻唤:"复生,复生。"

复生没有醒,翻了个身,一只手搭在玉生的手背上。

一年之后,复生的嘴上只剩下一道红色的疤,医生说,长大以后疤会越来越浅,变成白颜色,男孩留点胡子,女孩搽粉,就看不到了。复生喜欢坐在门槛上,抱着一个旧娃娃,看玉生在远处的石棉瓦棚下面做饭。复生喜欢问:"妈妈,我是从哪里来的?"玉生回答:"你是观音菩萨送来的。"复生说:"妈妈,你再说一遍。"玉生说:"你是观音菩萨送来的呀。"复生说:"妈妈,我是从哪里来的?"玉生说:"已经说了三遍啦,你是观音菩萨送来的。"复生说:"我很开心。"

水生问:"复生,复生,你还记得以前的事情吗?"

复生说:"记得。"

水生说:"你记得自己从哪里来的吗?"

复生说:"观音菩萨送来的。"

水生说:"你记得没错。"

18

苯酚车间自从段兴旺拿到补助以后,就再也没有进展。因为水生不肯出手相助了,其他人跑到工会去,不知道为什么,没有一个能说得过宋百成,全体铩羽而归。大家去求水生,水生说,不是我不乐意,是玉生不许我再碰补助的事情。

玉生说:"当年李铁牛就是因为补助补给汪兴妹,搞出大腐化。又因为你要补助,我爸爸和李铁牛私下搞鬼,抢了宿小东的份额,得罪了他,被他告密。根生倒霉,事后牵连进去。我爸爸病得快要死了,还跪在宿小东面前。这些事情我不会忘记,都是为了补助。我家里再穷,也不要这个倒霉钱,你更不许去给别人出头。"

水生听了玉生的话,有半年多的时间不再过问补助这件事,有一天,段兴旺差不多要跪在水生面前,哀求道:"帮我去工会申请补助吧。"

水生问："现在是谁去申请的？"

段兴旺说："主任死活不肯去。现在是一个新来的大学生，叫马芳的，她负责跑工会。她才来了几个月，什么人都不认识，又很傲气，跑进工会扔下申请扭头就走。别的车间也让女人来申请，人家扭的是屁股，她扭脖子。扭脖子能申请到什么？"

水生说："没想到宋百成还喜欢看女人扭屁股，我以为他只喜欢写毛笔字。"

段兴旺说："毛笔字和屁股不冲突。你去帮我申请吧，我最近，又没钱了。你有口才，你一张嘴顶三个女人的屁股。"

水生说："放屁。"

水生赌气，拿了段兴旺的申请书到工会。宋百成说："段兴旺怎么又来要补助了，难不成他买电视机的钱打算让厂里给报销？"水生说："厂里最近分配了几套公房，段兴旺是困难户，但是没他的份。他爸爸好像还是烈士，五八年棉纺厂火灾牺牲的，抢救了国家财产，两千斤棉纱。现在他没房子，憋了一肚子气，你自己说怎么办吧。"宋百成说："不要再说了，你把申请放下，下星期我们开会决定。"

水生下楼，段兴旺跟着问究竟。水生说："我说你爸爸是烈士，救火牺牲的，你没分到房子，不公平，要一点补助调剂调剂。"段兴旺说："对啊，我没分到房子，太不公平了。但我爸爸不是烈士，他被棉纺厂的大火烧死，只算工伤。"水生说："陈年旧账了，谁会真的查你爸是不是烈士？"段兴旺嘀咕，冒充烈属是要坐牢的，如果公安局来抓人最好是水生去顶包，不要牵扯到他段兴旺。水生听得胸闷。月底公布补助名额，段兴旺又中了，车间里哗然，有知道底细的人追着问："段兴旺，你怎么成烈属了？你爸爸是工伤烧死的，不是烈士。"

段兴旺说："我妈年轻守寡没嫁人，是个烈女，我当然是烈属。"

"这么无耻的话你都说得出来。"

"陈水生教我的。"段兴旺说。

车间里吵了起来，水生躲到一边，心想，果然是玉生说得对，这些人都没什么素质，为了一点钱就能把我给卖了。最后邓思贤说："大家都不许吵了。一年十二个月，每个月厂里十几个补助名额，你们应该轮着上去打申请，齐心协力把钱搞到手。搞什么内讧！"众人一致点头："邓工说得有理，还得水生出马。"

自此，水生瞒着玉生，在厂里帮人打报告、递申请。水生说，每次递上去的报告不能太多，也不能太少，太多显得贪心，太少又不符合效益，最好是六份，让工会否决一半，俗称陪绑。如果批下来三份，就算达标，如果多于三份则超标。如果六份全中，这也不太好，会引起其他车间的强烈抗议，僧多粥少，也不能让别的和尚都饿死。众人信服。水生每个月都能拿到四份补助，有时候甚至是五份。有一天，宿小东在办公楼里遇到水生，冷冷说："陈水生，现在风头很足。"

水生说:"宿副厂长,我不过是替人跑腿。"

宿小东说:"蛮好,不要谦虚,你是在为工人谋福利。"

水生说:"福利是国家给工人的,不是我。"

宿小东说:"你现在权力很大,要好好用。万一申请不下来,你就对不起车间里的同事了。"说完端着茶杯,吸溜着茶,走掉了。

水生心中起疑,知道宿小东话外有音,回到车间,正想找邓思贤商量这件事,忽见广口瓶和长颈鹿走过来,拦住他说:"喂,陈工,我们两个人,也想要点补助。"

水生说:"你们都是青工,没有家庭负担,下班穿喇叭裤,平时抽外烟,还烫头发。不但申请不到,连陪绑的资格都没有。"

广口瓶说:"正因为买衣服买香烟,我们的钱也不够花,况且青工的工资本来就低。帮我们申请一个,送你一包香烟。"

长颈鹿的思路总是慢一拍,这时才开口说:"我缺一台四喇叭录音机。"

水生说:"滚。"

广口瓶和长颈鹿两人围着水生,磨了半天,水生咬定不松口。两人没办法,商量着要去组织捐会。水生警告道:"捐会不但要靠手气,还要讲信用,抓阄抓到最后一个你不能后悔。"广口瓶竖中指说:"关你屁事。"甩着膀子走了。

水生摇头,正要走,见段兴旺跑进来,幸灾乐祸地说:"水生,这个月的补助,我们车间一个名额都没拿到!"

水生说:"怎么回事?"

段兴旺说:"你太飘了,这个月你把申请放到宋百成桌子上,什么话都没说就走了。但是骨胶车间、化肥车间,都让女人去工会扭屁股,在宋百成面前扭了整整一个下午。你输了。另外,现在补助的事情闹大了,宋百成都做不了主。厂长、书记、副厂长,全都要签字通过。"

水生说:"有趣。"

下个月申请补助,水生和骨胶车间、化肥车间的书记在一起,对面坐着厂里的领导,一字排开,面前放着茶杯,饶有兴趣地看着水生。扭屁股的女人不见了,水生觉得蛮遗憾的。门外挤着百十来号人看热闹。

水生发言说:"本车间的刘庆芬,儿子是精神病,她老娘也是精神病,她自己精神还好,但如果没有补助,精神好不好,我们不敢保证。周强,上半年出了一次工伤,把肩胛骨摔断了,肩胛骨就是琵琶骨,抓住强盗或是神仙,就用铁丝穿了琵琶骨,休想跑掉,一个男人的琵琶骨断了,就废了,煤气罐也扛不动,他老婆现在的意见很大,要带上全家的亲戚到厂里来找碴。张国华,虽然年轻力壮,但夫妻分居两地,他每个月要去探亲,车费路费不少,他老婆是个瘸子,小儿麻痹症一直麻痹了三十年,工作都没有,也走不动路。以上三个,情况最糟糕。另有四个,也十分困难,具体情况,都写在申请上了。"

水生说完,看看其他两个车间的主任。骨胶车间主任说:"难道你们苯酚车间全都是这种病残?真是惨到家了,我们这些不太惨的,看来是拿不到补助了。"

水生说:"任何地方都有左中右。我的理解,任何地方也都有高中低。人活着,就是比来比去,有人富贵有人惨。你非要和别人比惨,我有什么办法?"

轮到化肥车间主任讲话,主任是个结巴,讲了二十分钟,大家都没怎么听明白。主任还在讲,厂长打了个瞌睡,脑袋往前一冲,醒了,大声说:"你在讲什么啊?重点是什么?"化肥车间主任头昏脑涨,蘸着唾沫翻手上的稿子,说:"我们车间有二十多个人都提出了申请,比较长。"

书记说:"你刚才讲错了,化肥车间的王大年,他的儿子并没有念工读学校,是王大同的儿子。王大年和王大同的情况我都比较了解。"

厂长说:"你不要念了,换人。"

骨胶车间主任站了上去,他比较傲气,看了水生一眼说:"我们车间的困难户,都写在纸上了。能用纸讲清楚的事情,为什么还要演讲?浪费唾沫。照我的意思,补助是厂里发的,领导说了算,想给谁就给谁。"

书记说:"好吧,散会。"

百十号工人堵在外面,主要是骨胶车间和化肥车间的,他们不让主任们走。骨胶车间主任骂道:"你们什么意思?"

有工人低声说:"我们要求自己选代表来申请补助——你们这两个废物。"

19

水生说，一年四季之中，冬天申请补助的人特别多，因为要过年，因为那些老寒腿、关节炎、头痛脑热、肺胃失调，总是容易在冬天发作。如果有一个工人，三九天穿着一条单裤来上班，那就说明他需要补助了。

并不是每个人都眼馋补助，前进化工厂最穷的职工既不在苯酚车间，也不在骨胶车间，而是档案科的科员石宝，他终日蜷缩在科室大楼极为偏僻的一角，沉默得就像他管理的那堆档案，灰白头发、瓶底眼镜、驼背，走路的步伐很慢。他以前不是右派，也没有成分问题，他待在工厂几十年仅仅是沉默而已。七十年代他老婆生癌死了，不久之前，儿子因为打群架伤了人，遇到严打，不但赔光了他仅剩的家产，还给判了无期徒刑。如果他不赔钱，当然也可以，他儿子就挨枪毙了。这个至少得在牢里关二十年的儿子拖垮了他，虽然远在青海服刑，他还得定期寄钱物。落到这步田地，石宝仍然不肯申请补助。

书记问："情况这么糟糕，为什么不申请补助？"

水生说："石宝说他不想活了。"

书记说："你去他家里看一趟，他已经旷工三天了。如果真的过不下去，厂里还是要发补助的，哪怕他不肯申请呢。"

水生说："石宝不归我管，让工会的人去吧。"

书记说："他比较古怪，工会的人都讨厌他，还是你去合适。"

水生说："书记你是个好人。"

书记叹气说："这两年厂里效益好，有钱了。干了几十年的工人，以前都苦得不像样子，像你师傅，什么福都没享到就死了。我这个书记还有一年就退休，我能帮你们的就到此为止了。另外，最近又有一批公房要分配，你打报告上来吧，玉生和你的房子问题我来解决，算是还你师傅一个人情。你不要说出去。"

水生说："新书记是谁？"

书记说："不要打听这些。"

水生骑自行车去找石宝。石宝的家在江边，这里的房子多年失修，水生闻到一股氨气味道，心想这地方难道还有化工厂？后来发现是小巷里的公共厕所，数着门牌号过去，石宝就住在厕所隔壁。

水生敲门喊："石宝，石宝！"石宝拖着一条腿开门，水生说:"哎哟,你竟然住在厕所边上。"

石宝说:"住在厕所边上的人多了,不要大惊小怪。"

水生说:"终究是臭啊。"

石宝说:"我习惯了。在厂里也是闻各种香味臭味,没什么的。"

水生说:"我的意思是,你家里条件太差了。"说完这个,水生才来得及看一眼房间,黑咕隆咚的地方只剩下一张三条腿的方桌和一个破了角的藤箱子。墙上有一张遗像,镶在黑色镜框里,高高地挂在电表旁边。

石宝坐在箱子上说:"我没工夫招待你,热水也没有一口,你要是口渴,外面有口井,自己去打一桶水喝。"

水生说:"我不喝水。我奉书记之命,来调查一下你的生活情况。"

石宝指指屋子里。

水生说:"就剩这些了?"

石宝从瓶底眼镜后面瞟了水生一眼。

水生说:"你睡在哪里?"

石宝站起来,走到屋子后面,拉开一道脏兮兮的布幔。水生看到一堆稻草,铺在几块硬纸板上,稻草上又蒙了一条被单。水生心想,我上一次看见有人睡在稻草上是一九七七年,在土根家里,但就算土根再穷,这两年也买得起床板了。

石宝说:"你一定在想,等我死了的时候,躺在稻草上,怎么办?"水生不语。石宝说:"不要紧,把门板卸下来,到时候我躺在门板上。"水生仍是不语。石宝说："你觉得不好,太寒酸?其实人死了躺在门板上,是以前就传下来的规矩。活着睡稻草,死了躺门板,并不奇怪。"

水生说："一个人如果真的快死了,是没有那么多道理要讲的。书记让我来看看你的情况,如果过不下去,厂里可以给你发补助。"

石宝说："我不要。"

水生说："为什么?"

石宝不说话。

水生站在石宝面前,黑暗中仔细看着这个人的眼镜片子,觉得他已经疯了。过了好久,石宝笑笑说："一个人如果病得快死了,你给他一粒药,又不是什么仙丹,有什么用呢?我有稻草和门板,就很放心,其他都不需要。这叫各安天命。"

水生只能告辞,走到门口时,回过头说："如果你还不想死,就去厂里上班吧。书记说,你旷工三天的事情帮你瞒过去,不扣奖金工资。如果再旷工,厂里会开除你。"

石宝没再搭理水生,走回他的稻草铺前面,抱着膝盖躺了下去。

水生沿着江岸缓缓地踩着自行车,顶风艰难,嘴里发苦。江面上又起了雾,一艘船远远地开过来,但并没有靠岸。

水生回到厂里,正要去找书记汇报,看见一条人影瘸着从厂门口走进来,走到花坛边上,坐在松树下喘了口气,又站起来走。这个人穿着单裤,膝盖上有两个洞,脚上是一双磨破的解放鞋。水生想，就算是石宝都没有穷到这个份上，这个人是谁？如果是厂里的工人，他一定很需要补助。

水生本来应该去办公楼找书记，却仿佛被定在原地了，他一直看着这个人，越看越害怕，直到走近，水生才叫道：

"根生。"

根生抬起头说："水生，我放出来了。"

根生说："我很远就看见你了，但不敢叫你。"

根生说："你升技术员了。"

根生歪过头说："水生，喂，水生，你呆住了？"

水生抹了一把眼泪说："根生，你胡子都白了啊。"

20

这一年冬天，根生又回到了厂里。这一年，工厂的围墙向西拓出去一大圈，沿墙种满珊瑚树，据说这种树长得很快，可以挡住臭味和香味。新造的两个车间就在这块地方。另有一栋四层办公大楼拔地而起，全都是钢门钢窗，办公室里光线明亮，令人心情很好。旧的宿舍楼、食堂、浴室全部推倒重建，连职工托儿所里的秋千，都换成了钢轴铁环式的。

根生是一九七七年加刑的，他在水库挖泥，挖着挖着，趁管教不注意，他跑了。过了两天，他回到劳改场，加了三年刑，送到更远的监狱去了。水生升任技术员之后，曾经去过石杨，想看看根生，但没有找到他。

根生说："世界不一样了。那次我要是不跑，大概一九八〇年就可以放出来了，当时那些破坏生产罪的人啊，后来都提前释放了。只有我，关到现在。"

水生说：“这个三年，变化很大。”

根生说：“是的。”

水生叹了口气，拉着根生去吃饭，喝了点酒。根生开心了，把筷子拍到桌上说：“逃出来那天下大雨，我瘸着腿走到江边。我想，去哪里呢？还得回家。那时我妈妈也已经死了，我妹妹嫁到了浙江，家里什么东西都没了。我想，就去找师傅吧，后来一想，师傅也死了，我坐在江边上，哪儿都去不了，就脱了衣服跳到江里，想游回来。我是个瘸子，走路很慢，我以为游泳也不行，后来发现游得还不错，我就高兴起来，往江心游。"

水生说：“空手游过来很难，我小时候见过有人这么干的，最后淹死了。”

根生说：“那个和尚也是这么说的。”

水生说：“和尚？”

根生喝了一杯酒说：“我游出去蛮远，回头看看江岸，觉得自己游不动了，我心想，游不动了我就可以太太平平死在江里，再也不会搞事情了。可是有个年纪很大的和尚，驾了一条小船过来。我一看见船，就游过去，爬到船上。和尚说，你要去哪里？我说，我也不知道。和尚说，一个人要是想游过江，最好抱根木头，不然就淹死了。”

水生说：“是的。”

根生说：“我对和尚说，我没有木头，我连稻草都没有。”

水生问：“后来呢？”

根生说:"后来和尚叽叽咕咕说了一堆话,我当时全都没听明白,他让我选,到底是回去呢,还是渡江呢。我说我想回去,但不是回监狱,而是回家。和尚说,回头是岸,你要回到对岸去,但你还得往回走,走到监狱里,然后才能去对岸。"

水生捏着酒杯,想了半天,说:"和尚讲的话,总归是稀里糊涂,听不懂。"

根生说:"我现在倒是懂了。"

水生说:"你懂了什么?"

根生说:"我心甘情愿回去多吃三年官司,就是为了今天回到这里。这个地方,把我吐了出去,像一口痰,现在它还得把我咽回去。"

水生心里明白,根生是没有地方可去了。坐牢出来的人,最好是去做个体户,在街上摆个地摊亦可,贩点小东西,维持生计,运气好的可以发财。但摆地摊要本钱,还要有一副好身板,无论是收税的还是竞争对手来了,要求能跑能打,耍赖作死。然而根生已经是个一贫如洗的瘸子了。

两个人喝多了,夜里,水生骑自行车驮着根生,歪歪扭扭回到家。玉生开门,根生哈哈大笑说:"玉生,还认得我吧?"玉生倒吸一口冷气,"根生,还是老样子啊。"

根生说:"样子变了,胡子白了,腿瘸了,赤条条了。"

玉生说:"但说话的样子还是以前的根生嘛,全副无所谓。"

根生说："坐过牢的人，什么都无所谓。我是无所谓加无所谓。"

复生走过来喊："伯伯。"

根生说："我知道，你叫复生。我叫根生，我们四个人的名字里都有'生'字。你应该喊我干爸。"

复生喊："干爸。"

根生很喜欢复生，抱在膝盖上逗了一会儿。玉生泡茶过来，问了问近况，根生说了一点，水生替根生答了一点。玉生默然，起身关门关窗，才说："你还回苯酚厂吗？宿小东还在，现在是副厂长了。"

根生说："我有我的想法。"

玉生说："爸爸活着的时候，最怕你搞事。你现在放出来，应该找老婆、结婚，有份稳定工作，但不要回苯酚厂搞事了。"

根生说："我不会的。"

玉生说："看见宿小东，要喊厂长，要忘记他是宿小东，忘记他是仇人。"

根生说："我记得了。"

玉生说："看见那些打过你的人，也是。"

根生说："好的。"

水生也叮嘱了几句，根生听着，并不接茬，喝了口茶，站起来说："酒醒了，我走了。"玉生和水生见他破衣烂衫，忙问他去哪里，根生仍是笑嘻嘻地说："须塘镇家里啊。"玉生说："你就在我这里搭铺睡一晚上吧，须塘太远了。"根生摆摆手，推门走出去，外面漆黑一片，星月皆无。水生忙追出去，然而根生虽然瘸了，走路却不慢，水生听到地上沙沙的声音，根生拖着腿，一条黑影摇摆着，忽然就看不清了。

水生对玉生说："喝酒的时候，我答应帮他去找厂长书记。他现在放出来，厂里必须接收的，但具体放在哪个岗位上，十分要紧。最好是个闲差，他那条腿什么都干不成了。你刚才让他不要搞事，虽然是好心，但显得我怕被他拖累似的。"

玉生说："就算他生气，我还是要说的。他半辈子吃这个亏，管不住自己，所以坐牢。"

水生说："他是倒霉才坐牢。"

为了根生的事情，水生备了三条香烟，先找了劳资科、保卫科和行政科的头头。这三个人对于孟根生回到工厂都很无奈，谁都不想再看见孟根生，他拖着腿在厂里走路的样子，让人想起过去。

水生说："第一，看浴室的老万马上就要退休了，我想让根生顶他的岗，需要行政科同意；第二，分配工作是劳资科的事情，劳资科长也要同意；第三，刑满释放分子管浴室，不知道合不合规矩，得保卫科同意。"

三个科长说："只要书记同意，我们没意见。"

水生把香烟递给他们，说："书记不会明说的，得你们先拍胸脯，我才能去找书记。"

三个科长说:"我们不敢,孟根生来者不善。"

水生说:"我做保人,他不搞事。"

三个科长说:"小事你可以保,大事难说,他万一打算一把火把厂子烧了,你也保?"

水生无奈,说:"反正要给他安排岗位的。他只要在厂里,总有办法点火烧房子。给他个闲差,至少心理平衡一点。"

三个人撇下水生,点着烟跑到一边商量了几句,回过头来对水生说:"我们厂每隔几年就会出一个偷看女浴室的色狼,浴室是安全重地,女工洗澡很要紧,不能让刑满释放分子去看守。最闲的工作,莫过于废品仓库,让孟根生去废品仓库吧。"保卫科长又叮嘱:"告诉孟根生,不要去找宿厂长的麻烦,否则,就不是开除的问题了,要重新回炉坐牢的。"水生点头答应,心想废品仓库也许更适合根生。

自此,根生便回到了厂里,又给了他一间宿舍,仍旧和十年前一样。废品仓库在工厂西边,紧靠围墙的地方,里面很大,堆满报废的设备。只是顶棚漏风,冬天难熬,不如浴室门房有蒸汽管道通过。水生对根生说:"你老老实实在仓库待一阵子,我再想想办法,等大家都认为你很老实的时候,把你调到食堂去。"

根生说:"是。"

有一天,水生去废品仓库看根生,天上下着大雪,根生披着一件棉大褂,独自坐在一堆废旧马达之间,嘴里念念有词,不知说的什么。雪片从顶棚缝隙中飘进来,零零星星地落在他头上。根生看起来真是老啊。

水生走到根生身边,根生说:"十年了,没有人告诉我,汪兴妹是怎么死的。"水生不语。根生说:"我回到厂里,问别人,不知道的人说不出来,知道的人不敢说。"

水生说:"人家是怕你发狂。"

根生说:"应该不会了。"

其实水生的记忆也模糊了,根生被抓走的那天晚上,水生去通风报信,汪兴妹只趿了一双鞋,往原料仓库后面躲去。王德发带人来抓,扑了个空,被窝还是热的。王德发晃着手电筒,让人去搜,但那班工人都觉得,王德发这个蠢货有什么资格发号施令,大家都急于回去看根生挨揍,水生也回去了。汪兴妹大概是失足掉进了污水池,淹死了。

根生说:"你讲得不对了,如果没有人去追,汪兴妹躲在原料仓库后面,躲到天亮就没事了。污水池在工厂另一边。"

水生说:"那你的意思是什么?"

根生说:"汪兴妹当日曾对我说,自己不想活了。我劝了她,后来她说,有了我,她又有点想活下去了。"水生蹲下去,从地上捡起一块铁片,又扔到废铁堆里。根生说:"汪兴妹是自杀的。"

水生说:"你不要再问了,汪兴妹的事情,已经过去十年了。"

根生说:"十年很短的,你看,十年一眨眼就过去了。但是我为什么会回到这里来呢?我也想不通。"

21

　　水生新搬的公房离苯酚厂一公里，十分方便，如果站在楼顶上，能看到苯酚厂的围墙，越过厂子，更远之外就是江岸。这里住的都是附近工厂的职工，是典型的工人新村。初建时只有一村二村，二十栋房子，此后越来越多，百十来栋房子，上万人口。新村里道路错综复杂，个体户搭了铁皮棚子，开起了他们的烟杂店、熟菜店、剃头店。去苯酚厂的路，是一条土路，两边是田，种油菜、稻子，景色很不错。过了些年，土路变成了柏油路，柏油路又变成了环城公路，卡车时时飞速而过，道路两边逐渐造起了各种简陋的店面，这时就很难再看到田野里的景色了。

　　水生家在一楼，当日分配房子，给了他一套两室户。夏天搬进去时，玉生十分开心，只见屋子里密密麻麻都是苍蝇，爬满天花板。玉生一向讨厌苍蝇，本来应该发脾气，但是搬家实在是太高兴了,一边笑一边举拍子打苍蝇,打了一星期。复生五岁,也学玉生的样子,东打一下,西打一下。水生请人来粉刷墙壁,玉生说:"搬进来之前就该粉刷嘛,顺便把苍蝇也消灭掉。"水生说:"你不懂,这房子很多人在抢,得先占了坑才行。"玉生说:"你这个比方打得不好,我家难道是厕所吗?"

玉生搬家时,把心爱的一品红也搬了几盆过来,放在院子里。玉生很喜欢这个院子,每日清扫,莳花弄草。过了几天,楼上人家扔垃圾,从阳台上直接倾倒在水生家的小院里。玉生说:"日他妈妈的,真把我家当厕所了。"跑到院子里破口大骂。楼上倒垃圾的,是苯酚厂一个科员的老婆,伸出脖子也骂,玉生大怒,提了菜刀要上楼去拼命,被水生拦住,"哪有女人抡菜刀的?"

玉生说:"混账,都是在贫民窟里住惯了的了,住了新公房她也这么过日子。"

水生说:"你不要抡菜刀,我去交涉。"这时科员下来打招呼了,看见玉生的架势,也吓了一跳,赶紧把打招呼的姿态换成了正式道歉。事后说,陈水生的女人太泼,不知道哪条街上出来的。人们说,黎玉生,她的爸爸也是苯酚厂的老工人,她年轻的时候迷倒苯酚厂的一大片青工。玉生听了,很是得意。水生仍旧叮嘱:下次遇到任何事,都不能再抄家伙,一个人要是抄家伙抄习惯了,就不会再愿意讲道理了。

这一年,书记退休了。书记不让敲锣打鼓,一个人把办公室收拾收拾,走了。

书记对水生说:"有件事蛮遗憾的,前几年应该发展你入党。"

水生说:"我觉悟太低。做党员蛮好的,但我受不了做预备党员的苦。厂里几个预备党员,除了上班,还主动去挖阴沟。挖一年啊,搞不好挖两年。我腰不大好,挖不动了,能分到一套房子,心满意足。"

书记说:"你现在也是怪话连篇。"

水生说:"书记你是个好人,你退休了我还去看你。"

书记说:"你来陪我下象棋就可以了。苯酚厂退休的工人,很多都生癌,我虽然没做过工人但天天也都闻着这股气味,搞不好生癌死掉。但回头想想,总比你师傅运气好,总比李铁牛运气好。做书记这么多年,最喜欢看到大家一个一个退休,而不是一个一个死掉、抓进去。"

水生说:"你现在也说怪话了。"

书记说:"我退休了,什么都不怕了。"

过了几天,宋百成也退休了,这倒是大家没想到的。书记总在提醒大家,自己要走了,而宋百成这个王八蛋从来不讲这件事,他高高兴兴上班,高高兴兴下班,从来没有一丝不情愿,也没有一丝不舍得,他退休前的一天还在工会里写毛笔字。大家议论道,宋百成退了以后申请补助不知道是行什么规矩。

宋百成把水生叫到办公室,交给他一张叠好的宣纸,说:"水生,我要退休了,送你一幅字,是我亲手写的。"

水生展开,看到一片墩布拖地的痕迹,没认出来是什么,落款倒是楷体字,"祝陈水生工作顺利,大展宏图,百成书",并敲了一方一圆两个红图章。宋百成解释说:"写的是狂草体,'继往开来'四个字。"

水生说:"人家送字,都裱起来的,你像送信笺一样,我回家挂不起来,只能糊墙。"

宋百成有点尴尬,很不高兴地说:"我是和你熟才送你的,裱字很贵的,你自己去裱一下嘛。"

水生说:"宋百成,说实话,你的字谁都不敢挂,这么多年收到你的字的,都是挽联,写在花圈上的。"

宋百成说:"放屁,厂里能写毛笔字的,就我一个人,我退休以后他们还要我来写呢。工人获奖、退休、死掉,都要写毛笔字的,尤其是挽联,要用隶书写,恭恭敬敬。你想想看,这群工人多数都是文盲,他们的子女也是半文盲,死的时候有隶书写成的挽联,系在花圈上,送到殡仪馆去。这件事很有意义。"

水生说:"形式主义,死就死了。"

宋百成说:"瞎讲,死是一件大事。"忽然又伤感起来,说:"全厂的工人,只有一个人的挽联不是我写的,那个人就是你师傅,你老丈人。"

水生说:"为什么?"

宋百成说:"我想想没脸写啊,你师傅来要丧葬费,十六块。但规定真的不是十六块，是他记错了。我本想，你师傅对我这么好，我自己掏腰包贴给他也行，但我要是这么做了，全厂死掉的人都来找我贴钱，我就破产了。"

水生说："主要还是你王八蛋。"

宋百成说："你烦死了，就这件事你师傅记到死，我记到死，你也记到死吧。"说完，把水生手里的宣纸抢过来，噌噌地撕掉，扔进了字纸篓。

苯酚厂的新任书记由厂长本人兼任，工会主席经过职工代表大会选举，从唯一的候选人中评出了一个叫魏庆功的胖子，原先是行政科的副科长，马屁大王，不过大家还都挺喜欢他的，因为他仅仅是拍马屁，并不害人。魏庆功自己也很高兴，说："行政科太危险了，最近在分房子，有人分不到，声称要杀了科长。我还是到工会来，比较安全。"

众人问他："以后申请补助，什么规矩？"

魏庆功说："当然还是老规矩，像我这么一个懦弱的人，想得出什么新规矩？就算有新规矩，也是厂长来定。"

厂长说："捞偏财的小钱，你们也那么起劲。马上就要有绩效奖金了，干得好的职工都有份。"

绩效奖金规定，车间一线职工拿全奖，二线职工拿半奖，科员拿三分之二奖，中层干部另说，拿双份奖金。自此，食堂里的菜就难吃起来，浴室里的水也忽冷忽热的，厕所更是臭气熏天，因为做饭的、管浴室的、扫厕所的，全都是二线职工。绩效奖金实施，厂里多了一批干部，都是从事业单位调过来的,觉得企业收入比较高。其中一些居然是中学老师,水生十分不解,做老师有寒暑假,十分清闲,为什么要到化工厂来闻毒气。老师们说:"因为闻毒气有钱,吃粉笔灰没钱。"

这是苯酚厂最出风头的年份,除了工资奖金,还有各种福利。夏天发橘子粉、酸梅汤、拖鞋汗衫,冬天发鸡鸭鱼肉、棉袄棉鞋,最阔气的一次是发了电热毯,不过下场很惨,有个工人在睡梦中被电死了。家属闹到工会,要求赔钱,否则就会有一打女人吊死在厂门口。工厂门头上竖着十二面彩旗,都是钢筋做的旗杆,正好用来吊死十二个人。魏庆功吓坏了,把全厂的电热毯都回收上来,工人又不乐意了,说这玩意挺好的。魏庆功当然也赔不起这个损失,在工会地板上轮番铺开了上千张电热毯,下面垫着宋百成的陈年墨宝,一张一张地插了电躺过来。水生进去,看到这情景就说:"如果有漏电的,魏主席,你就死了。"

魏庆功满头是汗,躺在电热毯上说:"没办法,厂长让我躺,我必须躺。我躺过以后,再死人就不关我的事了,是他们自己操作不当。"

水生看了直摇头,魏庆功说:"老陈,有人说你最适合做工会主席,你仔细看看,吃这碗饭也不容易啊。"

22

搬进新房不久,玉生在厂里咳出了一口血,医生诊断是肺动脉破了,送到省城去治疗,自此之后玉生便不去上班了,常年病休在家,奖金全无,工资只有原来的六成。

玉生说:"水生,你辛苦挣来的钱,到我这里,正好填了一个窟窿。"

水生说:"不要紧的。"

玉生说:"我们半辈子也过来了,算来算去,只是算点钱,想想很失望。"

玉生病休后,有一阵子,复生必须到幼儿园去。新村刚建成,没有幼儿园,只能送到苯酚厂的托儿所去。水生骑自行车,让复生坐在前杠上,车龙头歪歪扭扭,两个人沿着土路去厂里。两侧田野,稻浪起伏,云被大风吹成丝丝缕缕。

复生进了托儿所,班上同龄的孩子不多,托儿所阿姨让他们搬凳子围成一圈,坐着。从上午坐到中午,水生来带她去食堂吃饭,众人见到,就指着说:"老陈,你女儿啊?"

水生说:"是啊,我女儿。复生,喊人。"

复生不喊,低头吃东西。人们说:"老陈,你女儿长得和你蛮像的。"

根生拿着饭盒过来,坐在复生面前。复生喊:"干爸。"根生很高兴,用叉子叉了一个肉丸给复生。

吃完饭,根生拖着腿走了。复生问水生:"干爸的腿为什么是瘸的?"

水生说:"小孩不要知道这些。"

复生说:"我不想去托儿所了。"

水生说:"那怎么行。"

复生说:"托儿所太臭了。"

水生说:"附近是骨胶车间,当然臭。"

复生说:"我想荡秋千但老师不让。"

水生说:"谁是老师?"

复生说:"白老师。"

水生心想,啊,原来是白孔雀啊,她明明是托儿所的阿姨,什么时候变成老师了?看来这个女人很想做老师。

下午水生将复生送进托儿所,看到白孔雀坐在秋千上吹风,她已经老了,还穿着一条鹅黄色的丝绒长裙,头发又长又卷,披散开来。这个工厂里,无论女干部还是女工人,都不会打扮成这样来上班,她看上去像是文联的。

托儿所的小孩睡午觉,复生躺在床上,想着外面的秋千,念念不忘,私自起床溜出去荡秋千,被白孔雀抓到了。

白孔雀说:"你去墙根站着,罚站。"

复生说:"讨厌。"

白孔雀说:"你还蛮有点小姐脾气的,得治治你。"

白孔雀让复生弯下腰,低下头,摆了一个鞠躬的姿势,又差一个小孩去墙根抓了一把沙子,洒在复生的后脖子沟里。白孔雀说:"不许用手撸掉,也不许直起身子,就这么弯腰站着。"

复生只得躬身不动,问:"那我什么时候可以站直?"

白孔雀说:"我让你站直了,你才可以站直。"

复生站了一个小时,说:"我弯不动腰啦。"

白孔雀说:"弯不动就应该求饶。"

复生说:"为什么你可以荡秋千,我不可以?"

白孔雀说:"你的小姐脾气已经病入膏肓了,你再弯一会儿吧。"

复生说:"我不想弯了,我也不想听你说话了。"说完直起腰,沙子顺着脖子流进后背。复生愣了一会儿,觉得很痒,用手去掏衣领。白孔雀才说:"现在你知道吧,如果你随随便便直起腰,是什么后果。"

复生哭了,说:"我妈刚给我换的毛衣汗衫。"

白孔雀说:"我已经对你很好了。其他小孩这么受罚,我还会让小班的孩子过来在他眼皮底下拉一泡屎,你就得弯腰一直看着屎,闻着屎。"

复生趁她不注意,溜出托儿所,在厂里找水生。苯酚厂到处都是机器的轰鸣,到处都是管道和阀门,复生沿着水泥路乱走,遇到有工人问她是谁家的小孩,也不回答,继续走。直到工厂围墙边,复生有点害怕了,听到有人喊她名字,转头一看是根生。

根生说:"你怎么到废品仓库来了?"

复生说:"我也不知道,我口渴。"

根生说:"你跟我来。"

复生进了废品仓库,又开心起来,问道:"干爸你在这里做什么?"

根生说:"我就守着这堆废品,它们虽然没用了,但还是可以卖点钱的。"

复生拿了根生的茶缸,一气喝到底,说:"你帮我看看后背。"根生撩起她的衣服,见沙子和汗水黏在一起,衣服上也有。根生说:"你太皮了。"复生把事情说了,根生愣了一会儿,原地转了一圈,抄了一根扳手说:"我们去找白孔雀。"

复生点头,跟着根生走了一段路,有点害怕了,说:"我爸说过,不能抄家伙。"

根生说:"我不去打人。"

复生说:"我不要去托儿所,骨胶车间太臭了。"

根生说:"我也讨厌那股臭味,但我们还得去一趟。"

两个人一前一后,摇摇晃晃进了托儿所,白孔雀正在门廊里站着,瞪了复生一眼。根生不理她,只把复生抱起来,放在秋千上,推了一把。复生高兴,用力荡了起来,飞得极高。白孔雀抓了一把瓜子过来,一边嗑,一边斜眼看着。复生尖叫一气,荡了半个小时,根生问:"玩畅了吗?"

复生说:"玩畅了。"

根生让复生下来,自己端了一张凳子,爬到凳子上,抄起扳手把铁制秋千架上的螺丝拧了下来。这架秋千轰然落地。根生爬下凳子,昂头吊着眼皮看看白孔雀。她还在吃瓜子。根生说:"复生,走。"复生大乐,屁颠颠跟着他跑了。

根生敞开工作服,扛着扳手走了一段路,发现复生也把外套敞开了,晃着肩膀走路。根生说:"复生你是个女孩子,不要这样走路,像阿飞。"

复生说:"我一直这样走路啊。"

根生说:"不要这样,你妈妈不是这么走路的。"

复生虽小,听得懂别人是在训她,赌气学根生的样子,拖着腿走了起来。根生乐了,拍拍复生的头说:"这么走很费鞋的。"

根生把复生送到办公室,交给水生。这天下班回到家,玉生给复生洗澡,脱下衣服一看就打了复生一下。复生说:"你不要打我,是白孔雀干的。"

玉生说:"谁是白孔雀?"

复生说:"干爸说了,白孔雀是老厂长的……"后面"姘头"两个字不会说了。玉生会意,细细地问过来,扔了毛巾在浴盆里,大骂道:"白孔雀欺负我女儿。"水生走进来说:"不要激动,根生已经报仇了。"

玉生说:"哼,根生能有什么用?"

夜里,玉生躺在床上睡不着,忽然坐了起来。水生醒了,问她怎么回事。玉生说:"心脏不舒服,靠着躺一会儿。"

水生说:"白孔雀的事情,是小事,不要时时记在心里。"

玉生说:"水生,我大概活不长了。以前我遇到不顺心的事,最多哭一场,现在全都堵在心里,觉得胸闷发慌,然后从小到大受的委屈全都爬上来了。我也没有力气去找白孔雀的麻烦了。"水生不语。玉生又说:"我不是复生的亲娘,万一我死得早,复生回忆起我来,受了什么委屈我都没有帮她出过头,她就会觉得,还是亲娘好,我毕竟是她的后娘。"

水生说:"不会的,复生有良心的。"

玉生说:"如果她这么想,我没法从棺材里爬出来说话,你要替我说话。我是很喜欢复生的。"

第二天水生带着复生去托儿所,把复生送进去,然后到走廊里拦住白孔雀说:"你要是再敢欺负我女儿,我不但会拆秋千,还会拆了你的骨头。"

23

宿小东在厂里走动，人都要向他行一个注目礼。用段兴旺的话说，这个注目礼就像是个屁，溜到了肛门口，人们必须呆看前方，脸部肌肉僵硬地停顿一下，才能把尊敬释放出来。

宿小东走到废品仓库门口，看了看，没有进去。根生恰好出来，宿小东说："孟根生，有人举报，你在厂里搞破坏。"

根生不说话，低头走过去。

宿小东说："托儿所的秋千，是你有资格去拆的吗？你是谁，你为什么在这里，在这里做什么，这些问题你还是要想清楚。"

根生仍是不语，走出去几步，忽然想起来了，回过头说："宿副厂长好。"回过头又走了。

人们之所以害怕宿小东是因为大家都知道，厂长退休之后，就是他升上去做正职了。做了正厂长，就有扣奖金、调动岗位、提拔先进的权力,也可以把某些工人送去坐牢。

行政科长说过,每隔几年,苯酚厂就会出一个色狼,偷看女浴室。女浴室在二楼,色狼有的用望远镜,躲在两百米外的贮槽上,企图从斜推式气窗的一角窥到些内容;有的是扛了一把梯子,半夜爬上去,看夜班女工洗澡;有的是像棍子一样久久伫立在楼下,也不知道看没看见。最狠的一个,半夜蒙面冲进女浴室,看了一眼,在一片尖叫声中迅速逃离。然而这一年的情况更糟糕,有人用鹅卵石砸碎了女浴室的窗玻璃,时间是夜里十点,这是中班女工集中洗澡的时候。

保卫科开始排查,查到根生头上,他住在厂宿舍。

根生被请到保卫科,老老实实坐在一张板凳上。科长说:"孟根生,不要害怕,我们是内部了解了解情况。"

"是,科长。"根生说。

"事发那天晚上,有女工看见你在浴室外面走过。"

"我去锅炉房打水,夜里喝茶。"

"十点钟还喝茶?不怕睡不着?"

"报告科长,是红茶,我胃不好,不喝绿茶。"

"你看见有什么可疑的人吗?"

"报告科长,没有。石头砸的是浴室北边的窗,锅炉房在浴室南边。"

科长想了想,看看周围的科员,挥挥手,让根生走了。等他消失,有个科员说:"就这么盘问,孟根生岂肯招供?"科长说:"那还能怎么样?再打断他一条腿?要么你来打,我请个病假回家。"科员们说:"好了好了,他这把老骨头,恐怕已经禁不起一皮带了。"科长叹气说:"孟根生,当年是条汉子,挺打。现在落到这步田地,如果没犯事,大家就当他不存在吧。"

这件事传到玉生耳朵里,玉生对水生说:"恐怕该给根生介绍个女人了。一个老光棍,凡有此种事情,都会怀疑到他头上。"水生也同意,说:"最近又严打了,如果被抓住把柄,撸进去又要吃十年官司。"

但是有什么女人肯嫁给根生呢?他既穷且残,脾气古怪,而且有过前科,就算你讲清根生是被冤枉进去的,是文化大革命造成的,但他毕竟还是吃了十年官司。一个人吃了十年官司,剩下的时间都得用来填这个洞了。

玉生说:"这个女人,不能势利,势利女人讨厌。也不能太穷,不能太老,不能有病。"

水生说:"也不能啰嗦,根生讨厌啰嗦。"

玉生说:"他自己就很啰嗦。"

水生说:"他已经改了。"

玉生摇头说:"我还是了解他的,他看上去是这个样子,其实还是以前那个样子。最近又找你借钱了吗?"

水生说:"昨天借了我五十块钱。"

玉生说:"他借了好几次了吧?"

水生说:"一共两百块。他说,穷得过不下去了,想另谋出路。白天上班,工厂总有劳保,晚上出去做点小生意,摆摆地摊。"

玉生说:"卖什么呢?"

水生说:"衣服鞋子、炒货香烟,都是可以的。只是没有本钱,要七八百块钱才能做得起来。"

玉生说:"昏头了,人家都是几十块的小本钱,慢慢做起来的。他要七八百!"

水生说:"我也帮不上他。"

玉生说:"你去帮他要补助吧。"

水生说:"他不是我们车间的,轮不到我去申请。"

玉生说:"你帮段兴旺这种脑子里长了虫的人,倒是眼睛都不眨。你们苯酚车间的工人,我见识过,都是些混账。有钱了像土匪,没钱了像乞丐。"

水生说:"不要再讲了。"

第二天水生独自来到工会,见到魏庆功,单刀直入地说:"老魏,我来申请补助,给孟根生。长期补助,最好是一年。"

魏庆功说:"你糊涂了,孟根生是废品仓库的,归设备科管。"

水生说:"正因为不归我管,所以我要来说这件事。"

魏庆功说:"我知道你的意思。孟根生,从监狱里放出来,身无分文,的确很困难。但反过来说,他养活了自己就等于养活全家,他没有任何负担。我手头上的申请,家里有残疾人的占三分之一,家里有病人的占三分之一,还有三分之一更是稀奇古怪,家里房子烧掉的,家里被偷的,有一家的小孩居然被人贩子拐走了。这些人虽然很没出息，但都是良民，无论如何说，孟根生是山上下来的。国家要是把补助给了他，那是不是就等于认可了他的犯罪行为？"

水生说："你这么说话，属于对国家政策理解得比较浅薄。"

魏庆功笑笑说："好，我知道你能说，你下星期对着厂长去说，下星期是补助申请日。我也很想领教领教你的口才。只要厂长同意，职工同意，我就同意。"

水生回到车间里，来了几个工人，逐个递上申请。水生说："这次申请补助，你们的请车间主任递上去，我要帮孟根生做一回主。"众人说："岂有此理，他又不是我们车间的。"水生说："他是我师兄。"当下又去找了设备科的科长。该科长倒是很客气，端着茶杯迎上来说："听魏庆功说了，你要给孟根生出头。"水生说："不是出头，实际是讨饭。"设备科长说："蛮好，你来搞吧，厂长比较欣赏你的。我人微言轻，就算想帮孟根生，也成不了事。具体原因就不说了，你心里知道。"水生见他的目光瞟向了斜对面宿小东的办公室。

水生回到家里，把事情说了。玉生说："根生怎么说？"水生说："根生也想要补助，我让他假装不知道。这样保险些。"

玉生也有新消息。厂里有个女同事，在码头上开吊车的，大家都叫她珍珍。开吊车是个很枯燥的工种，人在操作间里，只有一张椅子大的地方，下了吊车才能和别人说上几句话。码头上全是些大老粗，有点自尊心的女工能少说就少说，能不说就不说。这倒符合水生提的条件，不啰嗦。玉生去厂里，找珍珍说了,后者有点犹豫,最后同意见见根生。这算是给玉生面子了,别的女人听说根生的情况,一概摇头,穷和瘸都不算最要紧的,吃过十年官司实在可怕。

水生问:"珍珍多大了?"

玉生说:"和你同岁,离婚了。"

水生说:"离婚的啊。"

玉生说:"是她丈夫打她。不久前才离的,也没有小孩——以前怀过一个孩子被她丈夫打流产了,后来就怀不上了。"

水生说:"试试看吧,但愿两件事都能办成。"

这一天在工会里,大大小小来了十几个干部,厂长坐在魏庆功的办公桌后面,其他人都站着。阴天似乎要下雪,工会的日光灯全部打开,一群工人正在把成箱的年货搬进来,场面混乱。厂长说:"让工人都出去十五分钟,接下来是陈水生的表演时间。"水生穿了一件西装进来,厂长乐了:"陈水生,你现在很时髦,简直想不起你当年在原料仓库做滚桶大王的样子了。"

水生说:"我现在说吗?"

厂长说:"你讲吧,不用担心,现在不会把你当成补助小集团抓进去审查的。"说完用眼睛瞟瞟宿小东。

水生说:"孟根生的情况,大家都知道的,也是厂里送他去坐牢的,他自己呢,在当时的历史条件下,算是咎由自取,但换了现在大概连拘留都够不上,最多扣点奖金,说不定还会让他娶了汪兴妹。在场的各位,曾经有打过他的,打断了腿，时过境迁也就拉倒了。如果他不回厂，你们完全可以忘记掉，但现在他回来了，拖着腿，在你们眼前走来走去，你们要稍微想起来一点点。"

厂长说："这都是废话，讲正经的。"

水生说："孟根生是个老光棍，厂里有人砸女浴室的玻璃，保卫科怀疑是他干的。如果他不结婚，就会一直住在宿舍里，一直像个老光棍，一直受怀疑。所以我老婆想介绍一个女同事和他结婚，结婚是要钱的，还要房子，这些条件不具备，难道用一条断腿和十年徒刑做彩礼吗？"

厂长耸肩说："有道理，我感觉到你要反攻倒算了。"

水生说："补助孟根生，我没有什么大道理好讲。讲起来也是为了厂里的安定，为了让刑满释放人员有一个出路。但我想，这不是道理。我是他师弟，他抓进去的时候我也在场，如果当时管事的人肯放他一马，他不会这么惨。我替他向厂里要补助，是想让他有一个正常人的生活，少一点怨恨，以后他拖着断腿在厂里走，各位也能稍微心安理得一点。"

厂长回头看看设备科长，问："你的意见呢？"

设备科长支吾说："我认为厂里更困难的职工全部都照顾过来了，才能轮到他。"说完看看宿小东。

宿小东笑笑说："这件事还是听工会的意见吧。"

厂长问魏庆功："你说呢？"

魏庆功抹了一把汗，看看宿小东，看看厂长，又看看安全科长袁大头，说："孟根生的腿，据说是袁大头打断的，袁大头你说吧。"

袁大头翻了个白眼,叼着香烟想了半天说:"他妈的,胡汉三又回来了。"

水生冷冷地说:"袁大头,你搞错了吧?你才是胡汉三。"

24

根生拿到了一笔长期补助，每个月八十块钱。玉生很高兴，心想这么攒一年他就有本钱去做点旁门生意了。这一年，城里冒出来很多个体户，他们背着麻袋包裹，推着带滚轮的小柜台出现在街头巷尾，他们都挣到了钱。

根生提着一篮水果来看复生，恰好水生去省城培训，顺便带着复生见见世面，家里只有玉生一人在。根生在沙发上坐了一会儿，看玉生择菜、烧饭。根生说："你不必忙，我不吃饭，坐一会儿就走。"

玉生说："找老婆的事情，水生可曾对你说过？"

根生点头说："说过。但我想想，自己一穷二白，找女人结婚，找个差的我自己不愿意，找个好的又未免亏待人家。"

玉生说："人和人讲究缘分，不完全是看钱。"

根生说："这也只是说说罢了，我自己都还想找个有点家底的女人呢。反过来说，人家嫌弃我穷，极其正常。"

玉生说："女人要找的是靠得住的男人。根生，你这些年，都荒废了，爸爸活着的时候说你什么都好，就是对自己不负责任，喜欢胡来。以后凡事要想明白，要知道分寸。"

根生一笑，拍拍膝盖说："别人讲这种话，我不爱听，但你讲出来，我是听的。"

玉生摇头说："其实你对女人也很好的，那一年他们打断你的腿，你并没有把汪兴妹招出来。"

根生说："不提汪兴妹了。玉生了解我，我很高兴。"

过年之后，水生和玉生合计，让根生和珍珍见一面。玉生认为，这两个都是三四十岁的人了，像社会上的小青年一样约在外面不太合适，干脆叫到家里来吃饭比较好。珍珍起先支吾，后来同意了。玉生张罗，拉了复生一起择菜，水生负责做饭。根生换上了干净衣服，一早就来了，两手空空，毕竟有点不好意思，就去街上买了一个油鸡、两瓶啤酒。到中午时，珍珍骑着自行车来了。

水生看见珍珍不禁一愣，她的眼眉和汪兴妹是一样的，忍不住又看了看她的胸，比汪兴妹不如。想到自己也快四十岁了，居然还这么下流，有点惭愧，忙招呼大家坐下来喝茶、吃瓜子。根生不慌，起身让珍珍坐沙发，自己端了一杯茶坐到条凳上，不说话。珍珍不经意地瞟了瞟根生的腿，摇摇头。

吃饭时，根生喝了点啤酒，话多起来，说："水生现在是厂里的明星了。"

玉生说:"怎么讲?"

根生说:"从来没有人能帮其他车间的人要到补助,这不合规矩,但水生帮我申请到了。"

珍珍说:"你在要补助啊?"

根生说:"不好意思,我有点穷。"

玉生说:"根生现在有别的打算,想在水仙巷那边摆一个香烟摊,四点钟下班就去做点外快生意,有做头的。"

珍珍说:"倒是,贴补家用足够了,只是要勤快,不能三天打鱼两天晒网。出摊也是守时守信的活,人家要买烟,你恰好没在,白跑一趟,下次人家就不来了。"

根生说:"珍珍懂生意经。"

珍珍说:"外头假烟多,做正经生意,不要卖假烟,会被人打。"

根生说:"这都是见人下菜碟的事,过路生意,多半都卖假烟。"

珍珍说:"城里就这么大,骑自行车半个小时就能对穿市区,哪有什么过路生意?人家不服的话,一会儿就过来找你扳账了。"根生笑笑。珍珍说:"所谓过路生意,不过是欺负老实人罢了。"

玉生说:"根生听好了,不要卖假烟。"根生点点头。复生说:"爸爸,前天你买了假烟没有去扳账。"水生说:"我老实啊。"

众人一起笑起来,忽听外面一阵狂叫,乒乒乓乓砸窗户的声音。珍珍吓得从椅子上跳了起来，脸色煞白。玉生跑到厨房去看，奔回来说："不得了，有个神经病在砸我们楼道里的窗。"珍珍说："不是神经病，是我前夫。"众人愣住。珍珍说："不过他也跟神经病差不多了。"

水生整了整衣服，把脚上的拖鞋换成皮鞋，这才走出去看情况。只见一个瘦高个子男人，情绪已经失控，正拿着一根角铁到处乱砸，整栋楼的人都冲出来看热闹，无人敢劝。水生还没开口，珍珍推门出去说："不要再闹了。"这男人看见珍珍，方才回过头来，把手里的角铁挥到了她鼻子前面："原来你在这个男人家里。"

玉生说："胡说八道，珍珍是到我家来做客，什么'在这个男人家里'？你先别走，这楼道里的玻璃，你一块一块都得给我赔出来。"

男人不理玉生，拉住珍珍说："跟我回去。"珍珍说："你不要再跟踪我了，我们已经离婚了。你打我也打够了。"男人拎着棍子说："我不打你了，我要和你复婚。"楼梯上看热闹的人全都笑了。珍珍脸上无光，甩了男人的手，回到屋子里想拿了包走，男人以为她是要回去继续喝啤酒，赶进屋子，伸手一把抓住了珍珍的头发，珍珍浑身发抖惨叫起来，仿佛已经被他打断了骨头。玉生心想，看珍珍的样子应该是吓出神经病了，见水生发愣，玉生便追进去拉开他们。屋子里很窄，几个人乱成一团，复生也吓哭了。忽然这个男人大叫一声，原来是被根生用胳臂勒住了脖子，根生将他倒拖出去，放倒在地。

男人跳起来，简直不敢置信，说："你打我？"

根生说："我打你了。"

男人说："你们好几个人打我一个。"

根生拍拍腿说："看清楚了，我是个瘸子。"

根生说完这话，正面一拳，把这个男人打进了楼道口的一堆自行车里。根生虽然瘸了，但他的两条胳膊比以前粗壮多了。男人嵌在车堆里动弹不得。根生说："这一拳是让你记住，打女人是不对的。"

珍珍拎了包出来，冷冷地说："有什么可多讲的？孟师傅，你也回去喝酒吧。"

珍珍走了，男人也走了，根生在门口愣了一会儿。看客们散去，叮嘱水生明天去配玻璃。几个人回到家里，看着没喝完的啤酒和一桌菜，玉生说："根生，你不该动手打人。"

根生说："难得一次。"

"打过一次，得手了，占了便宜，下次就会继续打人。"玉生摇头说，"不过也算了，我觉得珍珍身上的麻烦很多，我可不想你跟她结婚以后还被她前夫踢房门。"

根生沉默了很久，说："玉生讲得也有道理，如果是这样的话，我可能会把他从楼上扔下去。"

这件事过后，有很长一段时间，玉生都不再提根生的婚事。春天时，根生的香烟摊摆出来了，在水仙巷口，附近就是大马路，每天下班时间往来的人很多。根生必须提前二十分钟溜出厂，在下午四点之前摆出他的香烟摊。起先他只是拿了一个纸箱放在路边，箱子竖起来，像一个柜台，上面放样品，里面放货，后来他想做一节柜台，水生带他去旧货市场买了一个，让段兴旺帮着在底下装了四个轮子，这就可以推着走了。柜台和香烟平时寄放在一个熟人家里。

水生又想起了根生的婚事，问玉生："什么时候再给他介绍个，他现在一天能多挣十几块钱呢，以后会好起来的。"

玉生说："你不知道，有天我去厂里，发现根生在码头上和珍珍说话。"

水生说："他们还有来往啊？"

玉生说："是啊，我也没想到。"

又过了几天，水生去水仙巷找根生，见根生推着柜台车出来，珍珍在后面跟着。根生看上去年轻了不少，有买烟的过来，大声喊："瘌子，来一包大前门。"根生也不生气。水生想，没错，根生以后会好起来的。

25

广口瓶和长颈鹿两人路过水仙巷,看到根生的香烟柜台,就走了过去。广口瓶说:"喂,老孟,听段兴旺说你在外面偷偷摆地摊,果然啊。给我拿一包良友。"

根生说:"不好意思,良友卖光了。"

广口瓶指着玻璃柜台下面说:"万宝路呢?"

根生说:"这个是万宝路的壳子,也没有货,柜台里外烟都是装装样子的。你要国烟吗,我这里都是真货,不卖假烟的。"

广口瓶说:"我只抽外烟。"

根生说:"那你只能换个地方买了。"

长颈鹿走过来问:"你摆香烟摊的事情,厂里知道吗?"

根生见他们啰嗦,就掏出一包烟,发给他们各一根,说:"知道一点吧,来来往往的人总会说的。"

长颈鹿说:"领导肯定不知道。知道就处分你。"

根生说:"业余时间赚点小钱。"

这两个人走了,根生有点犯嘀咕,广口瓶和长颈鹿是厂里著名的不安定分子,拿着鸡毛当令箭、拿着令箭又当鸡毛的人。果然,第二天他在废品仓库待着,广口瓶一个人来了,揣着两包外烟,把他拉到角落里说:"想不想进点外烟?直接从香港过来的,你外面拿不到这么正的货。"

根生明白了,这是指走私烟。广口瓶给他看了货,报了一串外烟的批发价,根生觉得有赚头,也心动起来。广口瓶说:"准备好钱,我拿一条良友给你。"根生说:"你有批发点的话,带我去看看。"广口瓶说:"那地方可远,你一个摆小摊的,去那里根本没人理你的。除非你一次进两三箱货。"

根生点头,从广口瓶那儿拿了一条烟,运气不错,头一天下午就被人整条买走了。根生赚了一点,又去找广口瓶,说自己这次想进两箱烟。

广口瓶说:"妈的,看不出来你还蛮有钱的。"

这一天下午,广口瓶和长颈鹿两人,在苯酚车间搞捐会,有十二个工人参加了,每人每月出一百块。数额有点大,广口瓶说:"但是很刺激啊,一次就能拿一千两百块,可以买电冰箱了。"根生说:"我也参加吧。"广口瓶说:"那就是一千三百块了。"

水生走过来,看着他们在一个搪瓷菜缸里抓阄,眯着眼睛不说话。抓阄的结果,广口瓶抽到了第一位,拿着一大笔钱，非常得意。长颈鹿是第二位。大家都有点发蒙，说："怎么可能这两个瘪三中了状元和榜眼？没天理，作弊。"广口瓶说："捐会也跟赌博一样，手气好，老天给赏钱，有什么不服的？"

这两个人走了，剩下的工人逮住水生问道："陈工，你说他们作弊了吗？"

水生想想，说："我也没去过赌场，我不知道。"

根生说："捐会不是赌博，总归本钱是能回来的。输赢也就一点利息而已。"

此后几天，根生追着广口瓶，想拿到更多的外烟，广口瓶推说很忙，一时不肯再出货给他。根生心想，广口瓶是想在中间拿差价，这个人虽然不地道，但他的货，真的很不错。

九月，苯酚厂每年夏天的大检修结束，车间开工，苯酚的气味又弥漫在厂区。新码头造好了，轮船运来原料，运走成品。码头在秋光中闪闪发亮，江面上大船小船，工人们吃饱午饭，都愿意蹲在这里看一看远景，吹一吹风。根生中午也来，有人烟抽完了，对根生说："买一包。"他就从口袋里掏出一包，收钱，说声谢谢。他知道这是别人照顾生意，不过他口袋里最多只揣两包烟。

他坐在码头边，对水生说："天气很好，我也很好。要是天凉下雨，我的腿会疼。"

水生说："疼得厉害吗？"

根生说："我想赚点钱去北方了。"

水生说:"珍珍呢?"

根生摇摇头。

这一天根生跟着广口瓶和长颈鹿去了吉祥街,在一个院子门口按了门铃,里面传来狗叫,听声音就知道绝非土狗,是狼狗。根生想,厉害,门铃和狼狗,什么人家?门一开,一个穿风衣戴墨镜的男人闪过半张脸,随即往屋子走进去。葡萄架下一条黑背狼狗用铁环拴在桩头上,低吼连连,似乎马上就要挣脱链子。长颈鹿有点害怕,往后缩了缩。广口瓶关了门,跟着风衣男人大模大样地进屋子。长颈鹿问根生:"你不怕狗?"

根生说:"我见惯了狼狗,这条是昆明犬。"

长颈鹿说:"对啊,你坐过牢的。"

根生说:"挖水库的时候,一条狼狗,就能镇住两百个犯人。"

长颈鹿说:"我小时候被狗咬过,他们说了,看见狗不能跑,越跑它越追。"

根生说:"训练过的狼狗不一样,它听主人的,你不跑,也一样可能被它咬住。"

长颈鹿打了个哆嗦说:"我们还是进去看货吧。"

穿风衣的男人坐在一张破旧的皮沙发里,茶几上放着一包万宝路,一包三五。他的墨镜并没有摘掉。屋子里很空,里间的房门关着。广口瓶指着根生说:"呶,就是他要货。"

"要多少?"穿风衣的男人问。

根生说:"两箱。一箱良友,一箱万宝路,如果有三五也可以搭半箱。"

穿风衣的男人说:"朋友,一两箱货你还特地上门,让广口瓶带给你就是了。"根生看看广口瓶,广口瓶解释说,根生想折扣再低点。穿风衣的男人说:"哦,再拿低五个点是可以的,五箱起。"

根生说:"我一时手头没有这么多钱,先两箱可以吗?日后补足。你先让五个点给我。"

穿风衣的男人说:"没有这种规矩,现有的批价已经比外面便宜了。"

根生说:"总归大家都是朋友。我是带了现钱来的,可表诚意。"

穿风衣的男人沉吟了一下说:"这样吧,你留一半钱在这里,算定金,三天后来拿货,带上另一半钱。"

根生说:"这不行,一手交钱,一手交货,是规矩。"

穿风衣的男人说:"最近行情好,我这里并没有余货给你,也得去上游拿。我拿来了,你万一反悔,我照样也能出货,但吃得起这个亏、丢不起这个人。你如果不愿意,就请便吧。"

广口瓶说:"老孟,信不过就算了。我介绍你来这里,也是要吃点小面子的,可不打算两头做保人。按你这个路数,最好还是在废品仓库等着,我拿点散货给你,多好呢。何必这么想不开?"

根生想了想，说："给三成定金，是我的底数。再多一分钱，我也只能扭头回去。"

广口瓶附身在穿风衣的男人耳边说了几句，此人点头，说："那就这么定了。"拿出电子计算器，滴滴地算了一通，一言不发，将计算器递到根生手上。根生看了看数字，从包里掏出一沓钱，数过了交给他。穿风衣的男人在茶几上摊开一张白纸写收据，并不抬头问道："你也在石杨坐过牢？"

根生说："是的。"

穿风衣的男人说："我前年在那儿蹲过半年。腿怎么回事，牢里打断的？"

根生说："十多年前了，打断了才进去的。"

穿风衣的男人说："噢。"抬手把收据给了根生，又说："货到了我让广口瓶通知你，你们一起来，比较好。再下一次，你就可以自己来了。"

根生回到工厂，心神不宁，腿上痛得厉害，他知道快要下雨了。夜里，他去锅炉房泡水，忽然把热水瓶放下，拖着腿，先走到骨胶车间旁边，汪兴妹当年住的小屋子早拆除了，他在黑暗中看了一会儿，又穿过厂区来到污水处理池那边。虽然很暗，仍能看到水面上积着厚厚一层泡沫，像泡过洗衣粉一样，其中一些被风吹起来，无规则地散落飘离。最后他独自走到码头边，看到江上红灯绿灯，微渺疏落，静静地闪烁着，以及光线锐利的射灯，照得四周雪亮。额头上一凉，雨落了下来。

26

这一天早晨,根生打算去找广口瓶问一问情况,还没出门,废品仓库门口来了一个劳资科的干部,对他说:"孟根生,调令来了,你去码头做保管员。废品仓库的钥匙交出来。"

根生说:"为什么?"

干部说:"宿厂长听说你在码头上贩香烟,每天还提前二十分钟下班,觉得你很厉害,你比局长还厉害。去码头吧,已经算是便宜你了。"

根生说:"我并没有在码头贩烟,每天只带两包过去,至于早退的事情……"

干部打断说:"钥匙。"

根生交出钥匙,在干部的监督下收拾了一下自己的东西,茶缸毛巾、手套胶鞋,装在网兜里往外走。干部拍拍他肩膀说:"去吧去吧,去哪儿都是混。其实你根本就不该回来。"

根生拎着东西,冒雨回到宿舍,坐在床上抽了根烟,想到广口瓶的事,便出去往苯酚车间摇了个电话,别人告诉他,广口瓶和长颈鹿今天旷工没来。根生觉得不好,换了工作服,到吉祥街去看情况。刚走到巷口,看见两名警察将一个穿风衣的后背推进警车,迅速开走。根生急了,追了几步,又返身往吉祥街里去。到院子门口,乱哄哄地拥了几十个人,冒雨在看热闹,只见两个戴红臂章的壮汉从院里拖出一条湿淋淋的狼狗,脖子用绳勒紧,已经死了。

根生觉得自己浑身发软,穿着雨披在城里走了半圈,并无地方可去,一抬头看到远处苯酚厂的反应塔,旁边是新村,玉生的家。

根生敲门进去,玉生一人在家,炉子上熬着中药,十分好闻。屋里安静,只听见外面的雨声。根生脱了雨披,要了一杯茶,双肘撑在膝盖上不说话。

玉生说:"你闯祸了,是吧?"

根生说:"你怎么知道?"

玉生说:"我十二岁就认得你,你闯祸了就是这个样子。"

根生说:"是的,我去拿一批货,上家被警察抄了。我付的定金没了,中间人估计也跑路了。"

玉生说:"定金多少?"

根生说:"一千块。本钱全都搭进去了。"

玉生说:"你拿的什么货?怎么会给警察抄?"

根生说:"走私外烟。"

玉生说："该死。"根生叹了口气。玉生说："你接下来怎么办？"

根生说："现在看来，又要在水仙巷多站一两年。这票货如果能做到手的话，我就能还清欠债，可惜我倒霉。"

玉生说："摆小摊本来就是细水长流，你哪能想一下子发大财呢。"

根生说："时间过得太快，一眨眼我已经老了，细水长流对我也没什么大意思。我本来想挣到钱，就去北方了，不想留在这里了。"

玉生说："那你还去找珍珍。"

根生说："我和珍珍并没有什么的，不太可能结婚。我借她的钱，也是付利息的。你能不能先借我四百块钱，还了她的钱。"

玉生愣了一会儿，摇头说："我也没有钱了。"玉生习惯性地撩起裤腿，在小腿上按出了一个凹坑，说："我的病越来越重了。"根生呆坐，看着凹坑慢慢恢复，玉生的腿已经肿得不像样子。根生说："我错了，不该找你借钱。"

玉生说："你发什么少爷脾气，我确实是借不出来了。你欠的钱，欠的人情，不能都来找我。"

根生说："我并没有发脾气。"

玉生生气说："爸爸活着的时候一再告诫过你……"

根生说："不要再说师傅了。"

根生站起来拿了雨披，慢慢往外走。玉生跟在后面。出门时,根生回头说:"人活着,总是想翻本的,一千一万,一厘一毫。我这辈子落在了一个井里,其实是翻不过来的,应该像你说的一样,细水长流,混混日子。可惜人总是会对将来抱有希望,哪怕是老了、瘸了。"

玉生不知道该说什么,根生把雨披兜上,径自走了。

根生回到宿舍楼,走廊里有一串湿脚印,回头一看,长颈鹿从不知什么地方钻了出来,张皇失措,像一块湿抹布,站在他面前发抖。

根生问:"广口瓶呢?"

长颈鹿说:"他已经跑了。"

这一天早晨长颈鹿和广口瓶两个人,旷工跑到吉祥街,因为听说有一批货到了。广口瓶说,做人要讲点信用,先把孟根生的付了定金的货压下来,然后让他来付钱。进了院子,看见十七八个纸箱堆在门口,穿风衣的男人说,他们预定的货不是这一批,还得再等两天。广口瓶不高兴了,他不高兴起来就像一个发疯的小孩,一脚踢穿了纸箱。狗狂叫起来。穿风衣的男人也不高兴了,放开狗链子,把广口瓶和长颈鹿两人一直撵到了墙头上。也因为这样,他们根本没听到外面的动静,院门轰的一声被踹开了,进来几个警察和联防队员。本来没大事的,带走就带走,最多没收一批货,但那条狗,它不懂,它把警察给咬了,此后发了狂,不知道咬了多少人。警察只带了电警棍,用这东西去电狗,一点乐趣都没有,于是电翻了穿风衣的男人。广口瓶和长颈鹿趁乱溜走了。

长颈鹿说:"现在那傻瓜完蛋了,他得在看守所里把上家和下家全都供出来,结结实实吃几年官司吧。"

根生说:"你再说说清楚,广口瓶去哪儿了?"

长颈鹿说:"他不但做你的生意,还有其他人的。他说再回工厂就等于自投罗网,直接去南方投靠朋友了。我也要跑了,去外地避风头。"

根生说:"那你为什么又回来?"

长颈鹿忽然悲伤起来,说:"我回来收拾收拾东西,我还有一双胶鞋在工具箱里,下雨路不好走。走进厂门,忽然想到你,我觉得还是来告诉你一声比较好。老孟,你的定金拿不回来了。"

根生说:"你们还有一大笔捐会的钱啊,广口瓶一千三,你一千三。"

长颈鹿说:"我的一千三也在广口瓶口袋里,他拿走了两千六。我让他讲点信用,捐会的钱是不能吞没的,他打了我一个耳光,让我醒醒。妈的。"

根生一阵头晕,靠在墙上说:"你们到底黑掉别人多少钱?"

长颈鹿说:"是广口瓶干的,不是我,所有的钱都在广口瓶那里。"

根生说:"我一年白干了,我的本钱都没了。"

长颈鹿说:"你想开点吧。跑码头打桩头的人,输得赤空并不稀奇,输掉老婆小孩的都有。你想想你在监狱里抡铁镐挖石头,十年,还不是一样白干了?"

根生说:"我现在手里要是有铁镐,就先把你打死。"

长颈鹿吸了吸鼻子,摇头说:"你不会的,你打死我也捞不回本钱了。我得走了,我要去拿胶鞋,永别了,我再也不会回到这里来了。你的雨披可以送给我吗?"

根生递上雨披,看着长颈鹿小碎步跑出去,他的皮鞋已经吸饱了水,像两块黑色海绵,噼噼啪啪踩在地上,随后兜头缩脖子钻进了雨里。根生想,我也糊涂了,这雨披我还得穿着去码头报到呢。然而长颈鹿已经跑得不见了踪影。

27

雨下长了。

水生在办公室里一直看着雨，厂里评职称，他要想拿到助理工程师的证书，就得去学一门外语。他问邓思贤："邓工，你觉得我学日语好，还是学英语好？"

邓思贤说："当然是学英语好，但是对你这样连拼音都不会的人，还是学日语好。"

水生说："为什么？"

邓思贤说："因为日语里面有很多中国字啊。"

水生说："邓工，我信你的。"

这时段兴旺一头雨水跑了进来，拿起水生的洗脸毛巾擦擦头发，大声说："陈工你去码头看看吧，孟根生把王德发打伤了，王德发的两个儿子来了，要打断孟根生的腿。但孟根生逃了，失踪了。"

邓思贤说:"你慢慢讲,伤成什么样子?"

段兴旺说:"一拳打中下巴,半根舌头挂下来了。"

邓思贤问:"舌头怎么能挂下来?"

段兴旺说:"你们自己去看。"

这一天早晨,退休工人王德发来到了厂里。他的腰很不好,下雨疼,不下雨也疼,睡觉疼,不睡觉也疼。没退休的时候,他还能假装搬几个原料桶,退休了连痰盂都拿不起来了。他打着伞晃进厂里,先在医务室骂了一通,因为他吃的那些秘方和草药全都不能报销,年轻的厂医被他骂哭了。然后他又晃到工会,走进去把魏庆功骂了一顿,因为退休工人拿不到补助了,他们不上班就能拿到一份工资,这实际上等于补助。王德发觉得太不合理了,他揪住魏庆功,把口水全都喷在后者脸上。魏庆功说:"你以前在厂里连屁都不敢放一个的。"王德发说:"因为我退休了啊,我什么都不怕了。宿小东敢开除我吗?能开除我吗?"

魏庆功说:"但你还是留下了一个屁都不敢放的名声。你慢慢骂吧,让大家对你有一个新的看法,这样你就越活越年轻了。"

王德发打着伞,顺着工厂的大道,从科室一路骂进了生产区。大家都鼓掌,"王德发,骂得好"。王德发感到自己真的年轻了,解放了。

他在苯酚车间门口骂道:"谁说我屁都不敢放的?老子当年,带着人抓住孟根生,关在保卫科痛打。老子当年是个狠角色。"

走到骨胶车间门口,他骂道:"宿小东这个混账王八蛋,王八蛋啊。我要把你的事情都说出来。"

走到化肥车间门口,后面已经跟着十来个闲人,王德发仰天骂道:"日你妈妈的,你们这群干部全是王八蛋啊。"

闲人们说:"你还是去托儿所骂白孔雀吧,她可不怕你,她照样能抓花你的脸。"

王德发说:"那个骚逼我不敢骂。"

闲人们说:"那说说你当年是怎么打孟根生的。"

王德发说:"你们一人发我一根香烟,我就说给你们听。"

他一直走到码头上,那边围着一群青工,正在棚子下面抽烟。雨水遮住了江景,什么都看不清。青工们招呼王德发说:"王老腰,过来过来。你在骂什么?"

王德发说:"我骂全世界,我对全世界都有意见。"

青工们和身后的闲人们汇聚在一起,大家一边派烟一边说:"来,王老腰,发你一根烟,讲讲你打孟根生的事情。"

王德发就说了起来。

"当年打孟根生,那种场面,是你们这代人根本没见识过的。用铁丝捆在椅子上,一条腿绑住,另一条腿搁在对面的凳子上,袁大头拿来一根空心铜管,袁大头不敢打,对宿小东说,你这个王八蛋来打。"

工人们说:"袁大头很有种啊,敢叫他王八蛋。"

王德发说:"宿小东那时候只是个车间主任,跟袁大头平级。宿小东举起铜管,在孟根生的小腿骨上敲了一下。孟根生身上立刻出了冷汗,他说:'宿小东,有朝一日,我要杀了你全家。'"

工人们说:"来得及的,现在也可以。后来呢?到底是谁打断了他的腿?"

王德发说:"后来我被他们派出去抓汪兴妹,我也没看见啦。"

工人们说:"没劲,还以为你知道呢。孟根生自己也不肯说。"

王德发说:"他自己也不知道。我出去的时候,他们把他眼睛蒙起来打的。"

工人们说:"你讲不出什么新鲜的。"

王德发说:"有的,我给你们讲讲汪兴妹的事情。再发一根烟给我。"

青工递上一根烟说:"好好讲,讲点有意思的。"

王德发点上烟,眯着眼睛,吸着烟看了一会儿白茫茫的江景,从肺里喷出一口,说:"汪兴妹到底是自杀还是意外死亡,实在讲不清,但害死她的人,是孟根生。他不搞事,汪兴妹太太平平扫厕所,熬几年就过去了。那天清晨我们在污水池里找到汪兴妹的尸体,我们把她打捞上来,她死了没多久。她的尸体就放在医务室里,那张体检的床板上。你们现在去体检,躺的都是那张床板,我从来不躺的。"

工人们说:"他妈的。"

王德发说:"我们都很累很困,食堂下了点面条送过来,我们吃着面条,看着汪兴妹的尸体,一下子都醒了。宿小东、袁大头、刘胖子,还有谁,一共七个人。我们吃着面条看着,她只穿着短衫短裤。我心想,出人命啦,不管怎么样出人命总是不太好的。不过呢,我们也都是见过世面的人,死人的事情都见过的。"

工人们说:"后来呢?"

王德发说:"后来宿小东说,要验伤,看看是不是被人杀死的。刘胖子,就是前年生癌死掉的那个,他面条吃完了,用筷子夹住汪兴妹的衣服,往上撩了撩,汪兴妹全部暴露出来。宿小东说,汪兴妹的奶子很大嘛。"

工人们说:"吓人。"

王德发说:"宿小东就笑着说,哎呀,这个女人是个贱骨头,被李铁牛搞过,现在在骨胶车间边上住着,浑身发臭,但孟根生还是要上去,看来是有原因的,大家看看,奶子很大。我当时,觉得胃里的面条全都泛到食管里了。你们有没有见过蓝色的奶子?我见过,就是那次。我怀疑宿小东是个色盲。"

王德发说完这些,把手里的烟蒂抛掉,又想伸手要一根。他看见面前发呆的青工被推开,根生出现了。王德发打了个哆嗦,他想说点什么,根生把手里的拎袋放在地上,照着他的下巴打了一拳,把他的话打了回去,牙齿磕在一起,把舌尖切开了一半,像一块嫩猪肝似的挂在嘴巴里,另有两个牙齿跟着一起掉落下来。根生挟住王德发，打算把他扔到江里，被一群人架开了。王德发坐在地上惨叫，嘴里喷出血来。有知事的老工人拍手说："孟根生又发狂了。"

根生抹了一把脸上的雨水，走了。后面有工人说："你今天找不到宿小东，他出差去啦。"

王德发躺在医务室的体检床上，张开嘴巴，让受伤的舌头伸在外面。厂医冷冷地看着，说："你这个情况很严重，最好去医院挂急诊。"王德发含糊不清地说："冤有头，债有主，他为什么要打我？他应该去杀了宿小东。"

厂医说："因为你嘴贱。"

这一天下午，水生跟着保卫科和劳资科的人，满世界找根生，又叫了几个身强力壮的工人，把王德发的两个儿子架在工会。忽然看见玉生来了，玉生说："根生刚才来过家里，他说做生意的钱都被人骗走了。"

水生说："他闯祸闯大了。"

他们一直找到废品仓库门口，门关着。水生说要进去看看，劳资科的人说："他钥匙已经交出来了。"玉生说："他有备用钥匙的，也交了吗？"劳资科的人掏出钥匙打开了库房铁门。水生走进去，看见地上一串水迹和脚印，顺着看过去，在仓库靠墙的地方有一摊水、一把倒下的铁梯。根生高高地挂在房梁上，已经吊死了。他衣角和鞋尖的雨水正在往下滴落。

28

玉生四十五岁那年，忽然想起来，自己已经有多年没有拍照了。玉生说："我想拍一张全家福，再拍一张自己的黑白照。"水生知道她的意思，就说："不要拍黑白照，彩照吧。"玉生说："我四十岁以前，每一年都会去拍一张，现在身体不好了，脸肿。他们说拍黑白照会显得清秀些。"

复生说："妈妈，我也要拍黑白照。"

复生十五岁了，比同龄的女孩大一号，肥肥壮壮，拳头像男孩一样。学习成绩还不错，喜欢看书，将来也许能考上个大专，学校让她参加铅球队，从初中扔到高中，如果扔出全市前三名的成绩就可以作为特长生送到体育学院去念本科了。玉生不同意，她说扔铅球的女孩嫁不出去。

他们去照相馆拍了照，出来，忽然一辆面包车在身边砰地停下，车屁股震得抬了起来。司机从车窗探出他的胖脸，大声喊:"水生,水生。"

水生一看,是土根。水生扭头看看玉生和复生。

面包车的车窗陆续拉开,土根的老婆,土根的四个孩子,都在车里。他们都阴沉着脸,用眼角斜着水生一家,只有土根兴高采烈。

土根说:"水生,我现在有钱啦,我新买了面包车!"

玉生说:"你穷了好几十年了啦,现在扬眉吐气,还特地把车开过江来。"

土根说:"不是的,我是来送货的。我开了一家五金加工厂,做各种铝合金保温杯。"土根看看复生,忽然很动情地说:"你是复生啊,我好几年没看见你了。"

复生说:"哼。"

土根开始介绍他的家里人,他的老婆大芳,他的女儿大凤、二凤、三凤,还有他的小儿子。土根说:"他叫强生。我听说复生叫了复生,我就想,她弟弟也应该叫'生',所以就叫强生啦。"

复生嘀咕说:"谁是我弟弟呀,认错人了吧?"

土根说:"是是,你是水生的女儿,我刚才说错了。你现在长得真高。"

复生傲慢地说:"是啊,看看你们一家吧,都瘦得跟猴子一样。"

土根一点也没生气,哈哈大笑,对身后的一车人说:"她说你们像猴子。"大凤生气说:"我们小时候吃得差。"复生说:"那你现在要多补点,趁你有钱。"水生不让她再胡诌下去。土根发动汽车,砰砰地开走了,他说话的声音还从车里飘出来:"我女儿说我像猴子。"

水生骑自行车回家,玉生和复生上了公共汽车,到市中心去买东西。玉生有点赌气,说:"幸亏我去年就说了你的身世,不然你今天肯定会想不通。"

复生说:"我早就知道了。爸爸厂里的工人,还有邻居,都说过的,飘到我耳朵里。你那么爱拍照的人,都没有我的满月照。去年你告诉我的时候,我并不惊讶。"

玉生摸了摸复生的手说:"你是妈妈的女儿,不是别人的。"

复生说:"那个土根是个乡下人,我说他像猴子,他还笑。我要是他的女儿,就得叫四凤。你晓得四凤是什么意思吗?你看过《雷雨》,知道的。"

玉生说:"虽然如此,你还是不能说自己亲爸亲妈是猴子。"

复生说:"我不认识他们的。"

玉生说:"小姑娘不要六亲不认,说起来他们也是亲戚。"

车到一站,上来一对母女,母亲是个歪脸,瘦得比猴子更不如,女儿和玉生差不多大,也很瘦,戴着深度近视眼镜,瘸着腿。玉生拉复生起来给她们让了座。这对母女并排坐下来,大概智力都有点问题,并没有道谢。玉生站在一边,默默地看着她们。过了一会儿,母亲用手摸了摸女儿的脸,女儿笑了,露出一口畸形的牙齿,头靠在母亲的肩膀上。她们就在座位上摇摇晃晃地拥抱着。玉生一阵难过,心想,这个世界上的人哪。

过了几天，玉生拿到照片，觉得不好看，眼睛比以前小了一圈，脸上的表情像是吃了黄连。玉生说："复生，要是我死了，你帮我挑张好看的照片做遗像。"

复生说："妈妈，你动不动就说死啊，我和爸爸听了都很心烦的。"

玉生说："那倒也是，我不说了。"玉生想了想，又说："复生，我过阵子想到石杨去，带你看看土根家里。"

复生说："为什么？"

玉生说："我又要说到死了。你爸爸在城里没有亲戚，我也是独生女，如果我们都不在了，你一个人会很孤单。其实呢，你是有兄弟姐妹的，将来老了你会知道，兄弟姐妹很重要。我现在说这个，太早了，你只有十五岁，应该等你三十岁的时候再说的。"

复生说："我不想去。"

玉生说："那算了，你记着我的话就可以了。活到三十岁，人就会荒凉起来。"

没多久，玉生又住医院了，医院下了一次病危通知，抽了几次腹水，人略为精神了点。水生请了一个长假，两头照顾着玉生和复生。水生自己也觉得快要累垮了。有一天他在医院里走，看见老书记穿着病号服，坐在阳台上，对面是老厂长，两个人在下象棋。水生走过去打招呼，书记说他心脏不太好，住院观察，又问："你好像很久没有回厂了？"

水生说:"快两个月了。"

厂长说:"我倒回去了一次,厂里已经翻天了。"

水生说:"什么事?"

书记说:"苯酚厂股份制了,宿小东厂长现在是大股东,其他干部是小股东,工人要出钱,买厂里的股份,做散户。"

厂长说:"一人出一万块。"

水生说:"玉生病重,我掏不出一万块,看来我只能做无产阶级了。"

厂长说:"现在这个厂,忽然变成宿小东的啦。"

水生说:"老厂长,你要是晚退休几年,就是你的了。"

厂长说:"你这是人话吗?我这个厂长是国家任命、职代会通过的,我做啊做啊,把工厂做到自己口袋里了,还要工人出钱买一堆废铜烂铁。我棋下得再臭,也不会走这一步的。"

书记说:"不要说了,下棋吧。水生你倒可以回厂里去看看。"

这一年,城里的工厂都在关停并转,工人除了要掏钱买股份,还要买下已经分配到手、住了十几年的房子。有些工厂忽然消失了,车间变成了各种各样的小商品市场,工人们回到了家里。这一年最让人惶恐的词就是:厂长。厂长忽然变成了妖怪。玉生的厂里,头一个厂长,卖掉了一半地皮,带着全家逃走了,又来一个厂长,贪掉了一半钱,全家被抓走了,第三任厂长干脆就被人谋杀在家里,凶手是一个报销不到医药费的工人。玉生住医院,也没有报到医药费,玉生看着存折上的数字,十年来一直做加法,现在变成减法了。

玉生对水生说:"我觉得我们的日子快过完了。"

29

　　苯酚厂的工人们发现，那个常年散发恶臭的骨胶车间，现在变得冷冷清清，甚至连臭味都在逐渐消失。因为骨胶不挣钱，这个产品已经亏了很多年，设备保养得很差，工人也拿不到奖金，现在，它终于像一头老迈残疾、屎尿失禁的巨兽，平静地死掉了。

　　职工们已经有很久没见到宿董事长了，他坐着小汽车出入。以前的厂长也有汽车，是一辆桑塔纳，通过车窗就能看见厂长，他还特地装了几道布帘子，然而职工们还是会用食指关节敲敲车窗，让厂长拉开布帘，露出他不耐烦的脸，说上几句话。到了宿董事长这儿，汽车的玻璃窗只能用来做镜子了，从外面向里张望，什么都看不见。司机是一个谁都不认识的陌生人，他很冷酷，敢于揍所有在厂里挡道的人。

　　这一天，水生和邓思贤在办公室里发呆，段兴旺跑来说:"行政科让大家下岗呢。"

邓思贤说:"段兴旺你说清楚点,是全体下岗吗?我刚买了厂里的股份,它就要关门大吉吗?"

段兴旺说:"没出钱买股份的人,都要下岗。"

水生说:"好嘛,我下岗了。"

邓思贤拉着水生去看,一路上,水生越走越慢,最后两条腿都软了。水生问邓思贤:"邓工,说是说下岗,其实就是失业,对吗?"

邓思贤说:"你不要害怕,你这个情况国家是有政策的,厂要是不倒闭,你不会下岗。"

水生说:"我看过政策,有很多很多条,我搞不清了。最后还是上面说了算。"

两个人走到半路,看见行政科长叼着烟往外走,赶紧拉住他问情况。科长耸肩说:"我他妈的申请调离啦,这事情再干下去我会被人大卸八块的。"

邓思贤说:"现在是谁管?"

科长说:"董事长找到了一个最合适的人,档案科的石宝。"

邓思贤说:"石宝挺老实的呀。"

科长说:"你又不是他儿子,怎么知道他老不老实?实际上手条子比谁都狠,就是他了。"

两个人走到办公大楼前面,水生心想,这场面不知道该有多混乱啊,他见过纺织系统下岗,女工们的哭声全城都能听到。然而办公大楼前面很安静,只见三三两两的工人,蹲着站着，发呆也有，抽烟也有，更多的人像是被抽干了元气，默然往外走。水生和邓思贤走进了行政科。

水生记得那一年，石宝家里只剩下一张床板，他睡在稻草上不肯上班，他几乎就是在等死。老书记给了他一条生路，每个月特批一百元补助，还给了他两个月的病假，把他的旷工记录都抹掉了。他又回到了档案科，缩在那里，即使去食堂吃饭也是沉默寡言，人们猜不透他在想什么，也懒得去猜，只记得他是一个无用的人，家里全空了，睡在稻草上。

水生想，这样的人，他怎么能担当行政科长的职位，他怎么清退这些工人呢？

石宝看见他们进来，他没有动弹，只用眼睛扫了一下桌子上的表格，说："你们不用坐下了，既然来了也好，省得我跑一趟了。邓思贤，你留在原岗位。陈水生，你调出办公室，苯酚车间的操作工缺人手，你去顶一阵子。"

水生说："我老了，做不动操作工了。"

石宝说："那就到这里来签字。"

水生说："我为什么要签字？"

石宝说："你是真的不明白还是来闹事的？签字，你就可以回家了，厂里每个月给你一百二十块钱的生活费。"石宝把手里的圆珠笔递给水生，水生不知道该接还是不该接，被邓思贤劈手夺了下来。

邓思贤说："不能签字。签字你就完蛋了，我们先回去。"

水生脑袋发木，跟着邓思贤往外走。石宝说："其实我建议你签字，你这把年纪，在办公室养胖了，去做操作工，基本上就死路一条了。不如早回家，摆个小摊，卖卖杂货，熬到退休你就又有退休工资了。"

水生的脑子忽然清醒了，他转过身问石宝："石宝，你还记得当年躺在稻草上的样子吗？你拿了厂里的补助才活了下来，这些补助并不是宿小东给你的，而是厂里的工人，每人头上抽出一份，送到你家里。你忘记了吗？"

石宝说："我记性很好的。我还记得当年对你说过，人要各安天命。我有我的天命，你有你的。"

水生说："你心安吗？"

石宝说："我心安。我坐在这里，不收礼，不吃马屁，眼泪对我无效，有人下跪我就让他跪到自己困了、饿了。只有一个目的：把你们都清退掉。"

水生拖着两条腿回到医院，在病房里，玉生从枕头底下掏出一个信封说："老书记出院了，刚才来看过我，给了我五百块钱。"

水生不敢说自己下岗的事，只说："这个钱能拿吗？"

玉生说："书记说，不要紧的。"

水生说："那就收下吧。"

玉生说："你厂里还能要到补助吗？你帮人申请了十年，自己也申请一下呢？"

水生坐在床边，找了一个梨，拿刀子削着，低头说："现在已经没有补助了。"

这一天中午,水生坐在医院的凳子上,背靠着墙壁发呆。玉生睡着了,水生摸摸她的脸,摸摸她花白的头发。玉生和师傅一样,四十多岁头发就白了,以前她总是去美发店把头发染黑,现在她只会对水生说:帮我把头发剪剪短吧。水生抹了一把眼泪,靠着睡着了。他做了一个很短的梦,梦见玉生死了,玉生死得很怪,她变成了一个小女孩,由师傅背着在路口和水生告别,就像当年爸爸背着弟弟走掉一样。水生猛醒过来,看到玉生还在病床上睡着。

水生骑自行车回到厂里,没去办公室,直接进了行政科。石宝刚吃完午饭,他看看水生,说:"你是来签字的吗?"

水生说:"我是来告诉你,我可以去苯酚车间顶岗。"

石宝说:"你要想清楚,董事长要求顶岗必须签临时合同,合同期间你要是走掉,得赔钱给厂里。你有基本工资、产量奖金和中夜班费,但是其他什么营养补贴,已经取消了。"

水生说:"不用你提醒我,婊子养的。"

30

苯酚车间又开工了,而助理工程师陈水生像他年轻时那样,又站在了阀门和反应釜前面。他看看车间里,已经没有几个年轻人了,全都像他一样,花白头发、脸上全是皱纹的老工人。他觉得像做了一场大梦。

有一天,段兴旺告诉水生:"我生癌了。"

这种消息,每年都会听到一些,大家习以为常,但具体到某个人时,仍不免会唏嘘。水生和段兴旺很熟,为他申请了多少补助,两个人自己都数不清了。段兴旺生癌,水生伤感,问他:"什么癌?"

段兴旺说:"鼻咽癌。"

水生说:"还好还好,如果是肺癌,你就死定了。鼻咽癌是可以治好的。"

段兴旺说:"没钱了,治不好了。"

水生说:"你才五十岁,还能活好几十年,就算借钱也要治的。但是你不要找我借了,我家里米缸也空了。"

段兴旺说:"我不借钱。我要回家躺着了,特地来找你,谢谢你这些年帮我出头。"

水生说:"你一下子变得礼貌了,我也觉得不适应。当初你要调进苯酚车间,我就提醒过你,会生癌。"

段兴旺说:"各安天命。"

水生说:"让你老婆给你买点好吃的,让她不要贪图享乐,该治病还是要治病。"

段兴旺说:"我老婆也下岗了,在卖早点。她已经不贪图享乐了。"

段兴旺摆摆手走了。过了小半年,段兴旺的老婆到厂里来办手续,说段兴旺死了。他不肯治病,癌症扩散了,送到医院里,昏迷了,醒过来,又昏迷了。有一次醒来,趁着没人他用尽全身的力气,把自己身上的管子一根一根拔掉了,就像他做机修工的时候拧螺母一样,全拔光了,他也就死了,不知道这算是病死呢,还是自杀。

有一天水生觉得自己发起了低烧,心想完蛋了,生癌的人有一大半都是从发烧开始的,他们发了一个低烧然后就变成癌症晚期,直接架到刑场上。水生偷偷去医院查了一下,结果没事,他很高兴,觉得逃过了一劫。

他想了很久,和玉生商量了一下,凑了个星期天,领着复生去石杨找土根了。

复生说:"我从来没去过石杨。"

水生说:"那就去看看嘛。其实你说得也不对,你小的时候,就是从石杨来的。"

复生说:"我小的时候,只记得妈妈说过,是观音菩萨送来的。"

水生笑了,说:"石杨那个地方,山清水秀,以前有劳改石场,现在也搬走了。我的叔叔就埋在那里,你陪我去走一趟,将来我和你妈妈,也想埋到那里去。"

土根的厂在镇上,父女二人坐船过江,搭了一辆中巴车到路口,再往里走,早年在镇口的那座瞭望塔不见了,变成了烟囱,只见黑烟滚滚,河水浑浊乌黑,泛着不正常的油光,空气中有一股臭鸡蛋的气味。复生嘀咕说,这哪是什么山清水秀的地方。水生也有点发蒙,到了镇口明白了,这里新开了一家小化工厂,路边七零八落堆着原料桶,几个农民工叼着香烟往里走。水生隔着老远喊道:"喂,化工厂,禁烟的。"农民工没理他,趿着破皮鞋,喝醉了似的走进厂里。水生说:"这些农民也没人给培训一下。"

他们找到了土根。土根的工厂其实只是一个小作坊,有几台机床,三个工人。院子里养了两条狼狗,都很温驯,没拴链子,土根坐在窗口向外面抛狗食给它们吃。水生和复生进来,两条狗迎了上去。复生怕狗,尖叫起来。

复生指着土根说:"你是死人啊?养狗不知道牵住。"

土根摸摸脑袋说:"哎呀,这个世界上已经没人敢骂我了。我老婆骂我，我一个耳光飞过去，村里人骂我，我两个耳光飞过去。我的三个女儿和一个儿子，以前也骂我，现在他们乖乖地找我讨钱。只有复生骂我，我一点也不生气。"

水生东看西看，觉得这个小作坊还有点样子，做做金属加工，把成本控制好，一年或许能挣几十万。水生拉土根到屋子里，很直接地说："我是来借钱的。"

土根打量水生，从头看到脚，忽然很伤心地说："我本来想嘲笑你的，你以前看不起我，说我是乡下人。但是我也不忍心了，你看起来混得很差。"

水生说："玉生身体不好，我做死做活，钱都交给医院了。复生学费交不出来。"

土根拍胸脯说："我来替复生交。"

三个人一起去吃饭，土根无论如何要水生陪着喝一点酒，换了以前，水生是不会理他的，但这次借了钱，只能陪他喝几杯。水生不擅饮，有点醉了，讲话也不避着复生了。

"玉生的情况，越来越不好了，我现在又回到车间里上三班。苯酚这个东西，你不懂，会让人生癌。万一生癌，也就等死。复生没有其他亲戚，到时候孤苦伶仃，我要托你照顾她。你姓陈，她也姓陈，名字都不用再改回去了。"

复生说："爸爸，不要再讲了。"

土根说："我是乡下人，但规矩还是懂的，祖宗告诉我们的，复生过继到你家，就是你的女儿，断没有我要回去的道理，你再穷，复生仍是你的女儿，如果你死了要她给你烧纸钱。虽然说女儿烧纸钱不大值钱,但是新社会已经男女平等了。乡下人封建观念……"

复生说:"你们都不要再说了。"

土根说:"复生是你女儿,也是我女儿。只要我有饭吃,复生就不会饿着。"

这一天吃完饭,水生说想到山上去看看,有很多年没有给叔叔扫过墓了。土根陪着,三个人上了山。复生仍不开心,拉着水生说:"爸爸,你好没志气。"

水生说:"爸爸混惨了,借钱是很没志气的。"

复生说:"不是说借钱,而是说你要把我送回来。"

水生说:"我没有把你送回来,你仍是我的女儿,工人子弟、城里户口。我的房子,我的存折,虽然不多几个钱,将来仍是你的。"

这一带山色清秀,脚下的石杨镇渐渐变小变远,小化工厂的烟囱也到脚下了,再转过一个弯,又看见零落的坟头。土根胖了,慢慢走不动了,水生也觉得虚弱,只有复生健步如飞。土根说:"我的四个小孩,都像猴子。大凤去年嫁人,生了个儿子,仍是像猴子。只有复生,我看见她就开心,也不知道为什么。她是不是吃得很多?"水生说:"吃得很多。"土根说:"让她吃,不要亏待她。"

到了山头上,水生愣住。只见几座气派的坟茔,用花岗岩砌的墓碑,前有大供桌,莲花台,石栏杆围住,桩头上雕着像狗一样的狮子。土根得意了,说:"你想不到吧,去年我把老爹老娘的坟修了一下,想起表叔,也替他修了个墓。表叔以前,对我很好,土根发财了不会忘记他的。"

水生说:"花了很多钱吧?"

土根说:"也还好,一点石头,一点人工。地不要钱的。石杨这个地方,花岗岩是土产,便宜。"

水生说:"以后记得墓碑上要刻隶书。"

水生坐在石栏杆上,看着叔叔的墓碑,有点伤心,不由自主说:"将来我死了,也埋到这里来,很好。"

土根说:"对啊,如果你想埋到这里,我土根一定亲自扛着锄头,抱着你的骨灰盒,到山上挖一个坑,也给你砌上花岗岩的供桌和栏杆,然后埋进去。我土根跪下来,给你磕三个头,还要给玉生磕三个头。你知道我为什么要给你们磕头。"

复生说:"晦气啊。"

土根说:"复生,人都是要死的。"土根忽然也伤感起来,走过去轻轻拍了拍复生的后背,"将来我死了,你不要记恨我,给我也磕一个头。"

31

玉生数过,最近的三年里,她住了四次医院,下了两次病危通知。她想,自己的日子到了。但是她遇到了一个人,小何医生。

小何医生已经五十多岁了,现在大家都叫他何先生,他在中医院坐堂,每个星期只开一天,每一天都是拥满了患者。玉生病重以后,初一十五倘若身体还过得去,就会到医院对面的寺庙去烧香,她看着观音菩萨的面容,觉得很安心。有一天,她走到医院门口,劈面看到小何医生出来。玉生喊了一声,小何医生马上认出了她。

小何医生很热心,他就站在医院门口,给玉生号脉,又问了问病史,吓了一跳。小何医生说:"你这个情况最好还是住到医院里去。"

玉生说:"住不起了。"

小何医生说:"那就吃中药吧,你跟我来。"

玉生说:"应该是治不好了。"

小何医生说:"不要乱想,在我手里就能治好。"

小何医生开出了他的药方,贵的药材一概不用,核算下来一天不过十块钱的药费。小何医生说,世间草木,人参灵芝当然是好东西,但很稀有,那些长得繁茂的、常见的,诸如茯苓、地黄、太子参、鱼腥草,并不因其便宜就失去了价值。草木有它们自己的灵魂。小何医生另开了食疗方子,让玉生多吃黑鱼,补充蛋白质,平时吃橘子香蕉,补钾。又介绍了一家药房,是他朋友开的,拿了小何医生手写的方子过去,价钱公道,药材地道。玉生感激不尽。

小何医生说,生病的人,很忌讳想到死,因为人总是想这个会变得消极,药吃下去也会失效三分。玉生说:"可是,人怎么能不想到死呢?我住过很多次医院,同一病房的人,有些只有三十多岁就死了。看到别人,会想起自己。唯一能宽慰的,是想到,人都是要死的。"小何医生说:"你讲错了,人都是挣扎着活下来的。"

如此过了半年,玉生的病情渐渐稳住了。小何医生说,变成慢性病,再精心调养,以后会好起来的。

水生说:"小何医生名不虚传啊,他治好了很多人。"

玉生说:"我想,这样再挺几年,就能活过五十岁了。"

水生说:"你会活得很长的。"

玉生说："我只是不想让人说自己不寿，没活到退休年龄就死，爸爸就是这样，很可悲。"

其实玉生的情况不乐观。有一天小何医生来随访，像他这个级别的中医，是很少上门的，但他还是来了。水生问了问，小何医生神色凝重，说玉生的病势只是暂时稳住，但肝脏硬化是不可逆的，西医对此都无能为力，除非移植。

水生摇摇头，他知道一点。厂里有大把的工人得肝癌，大家像说外星人一样说只有肝脏移植可以救活他们。

不过总算有好消息。这一年玉生的厂，彻底倒闭了，从此这块地方就不再有汽轮机厂了，厂房都变成了临时仓库，据说要推平了盖新房子。玉生病退了，工资比病休时多了一点点，她的医药费，以前在厂里一分钱都报不到，现在转到了社保部门，陆陆续续，将旧账补足。社会上的下岗工人还是很多，他们像是一锅烧开的水，渐渐凉下来，渐渐也就找到了自己该去的地方。水生觉得，最艰难的时候，仿佛已经过去了。

水生倒三班，每一轮夜班能拿到三十块钱的补贴。每一轮夜班结束他就去菜市场买一条小黑鱼，把账面上的三十块钱花掉，回家烧汤，撒上食用钾盐。黑鱼霸道，元气十足，水生看玉生喝下鱼汤，觉得那元气也就到了她的身体里。

小何医生难得会来一次，玉生买了一斤毛线，给他织了一件背心，送到手里。小何医生无论如何不肯收，玉生说："我并无其他东西可以报答你，这件背心，是留个纪念。"

小何医生也难过起来，说："当年的事情，有很多误会。"

玉生说："当年事，就不提了。我现在记性也不好，当年事，忘记得太多，只记得现在的好。"

一日一日，玉生的记忆力确实下降了，有时会短暂地糊涂一下。水生不懂，小何医生告诉他，肝毒入脑，就是指肝脏失去了解毒功能，这些毒素会积累在脑子里，或快或慢，人就傻了。

水生不能想象玉生变成一个痴呆，只看到院子里的花草枯萎了，织了一半的毛衣长久地放在房间一角，玉生变得安静了，经常茫然地看着他，好像不太认识他了。

复生念到高三时，总算停止了长个子，身高一米七六，比水生还高一点，人倒是瘦了。每一天她都穿着球鞋去上学。玉生说："复生，你一个姑娘，总穿球鞋，会把脚穿坏的。"复生说："不要紧的。"仍旧穿球鞋出入。有一天水生去学校，发现复生在扔铅球。水生急了，拉她到一边问。

"为什么要扔铅球？"

复生说："不止扔铅球，我还参加田径队了。如果拿到名次，考大学可以加分，可以选体育专业，或许就能念本科了。"

水生说："你能保证拿到名次吗？如果能加分，岂不是人人都去扔铅球了？"

复生说："爸爸你外行了，扔铅球的不一定愿意考大学，考大学的不一定扔得动铅球，像我这样的女生，很少见的。

你以为是丢沙包呢?"

水生说:"早知如此,当初送你去体育队了。"

复生说:"不要,很无聊的,我要念大学。"

水生心想,完蛋了,照玉生的说法,扔铅球的姑娘嫁不出去。复生不理他,回到操场上,飞沙走石地跑了一百米。水生又安慰自己说,复生跑步的样子,还是很矫健的。一个姑娘要是跑得比男人还快,同时又有一副臭脾气,她的未来,总是会不一样的吧。

这一年,玉生唯一的心愿就是想看到复生考上大学,那必须等到夏天。玉生又说,即使考不上,也不要紧,复生不要觉得对不起妈妈。

有一天,玉生靠在藤椅里,身上盖着棉大衣,她睡着了。好像睡了很久,她醒来喊道:"水生,水生。"声音很凄凉。水生忙跑过来问情况。玉生呆呆地看着他,说:"你应该有好几天没去上班了。"

水生说:"现在是春节啊。"

玉生说:"你去上班,身上就会带着一股苯酚的气味,不去上班,就没有了。"水生站在她面前不知道该说什么才好。玉生说:"我小时候,闻到爸爸身上苯酚的气味,爸爸很疼我的,我很心安。结婚以后,闻到你身上的苯酚气味,我也很心安。后来你做了技术员,苯酚的气味淡了,最近几年我又能闻到,我好像回到了从前小时候。"

水生说:"中药煎好了,玉生。"

玉生说："我这一世，真是太麻烦你了。"

水生说："你不要这么说啊。"

玉生摇摇头，不再说下去。

这一年春雷响起的时候，玉生的一生，也就过完了。

32

玉生出殡那天,只有水生和复生两个人。

复生说:"爸爸,我上个月去上学,有一个老太发病死在公共汽车上,车子停在那儿,把路都堵了,无数人都过不去。我听别人说,这个老太福气真好啊,因为有这么多人来送她。如今妈妈去世,只有我们两人参加追悼会,是不是太冷清了?"

水生说:"我倒可以找个乐队的,只是觉得太吵。你妈妈年轻时候也是个心高气傲的人,大概不屑于那种场面。本来也可以不开追悼会,又过意不去。"

两人抬了一个花圈往里走,看见一张破写字桌放在路边,有个老头趴在那里用毛笔在长条形的白纸上写挽联。灵堂缺一副大的挽联,水生走过去问价钱,发现这个老头是宋百成。

宋百成说:"哎哟,陈水生。完了,你这是去送谁?"

水生说:"玉生开船了。"

宋百成说:"天哪。"

水生说:"你在这里做什么?"

宋百成说:"当然是代写挽联啊。我们这种退休小干部,本来就没有油水了,再加上工厂现在姓宿,不姓国了,更不会优待我们。我生活也很清苦,想写点毛笔字也没人要看,因为我不是名人。写毛笔字这行,有多势利,你不懂的。"

水生说:"蛮好,现在你可以写个够了,而且有钱可拿。"

宋百成说:"我是积点功德。"

水生说:"你收人钱的,有什么功德可言呢?"

宋百成说:"有几个人肯省这个钱,又有几个人肯挣这个钱?玉生的挽联,我来写,不收你一分钱。"

水生说:"我也不能替玉生省这个钱。"

宋百成拿出一张打印了很多字的纸,递给水生,说:"你看看,想写什么,这上面都有。我用隶书给你写。你要知道,我在这里写字非常忙,都是用行书写的。行书不尊重,但是写起来快。玉生的挽联,我一定用隶书。我的《曹全碑》练过两百多遍了。"

水生听得头昏脑涨,心里很烦,放下纸说:"不要写了。"拉了复生就走。

两人进了殡仪馆的化妆间,工作人员推出车子,玉生身着寿衣静躺在上面,遗容安详,多年来脸上的浮肿也消失了,变得十分清秀。如果不得病,玉生五十岁的模样是很端庄的。

房间里有一股苯酚的气味,芳香异常,水生和复生都哭了。

两人又进了告别厅,看到玉生的遗像挂在上方,是她四十岁时候的照片,目光偏过他们头顶,淡淡地笑着,好像门外有什么事情让她觉得可笑,又不太可笑。

水生说:"复生,就我们两个人和玉生告别了,等会儿放哀乐,我们就一起鞠躬吧。"

复生说:"好的。"

这时宋百成从外面进来,他手里拿着一卷纸,拉开了给水生看,上面用隶书写着"一生俭朴留典范,半世辛劳传嘉风"。水生说:"你就差说我是穷鬼了,能不能不要再说钱的事?"宋百成又拉开一卷,上面写着"流芳百世,遗爱千秋"。水生说:"流芳百世不合的,玉生又不是名人。"宋百成拉开第三卷,这次变成行书了,上面写着"夫妻恩,今世未完来世再,儿女债,两人共负一人完"。复生说:"放你妈的屁。"

宋百成拍拍自己脑门说:"那怎么办呢?"这时,殡仪馆的工作人员推出遗体,哀乐起来了,三人肃立,鞠躬,十分简短地告别过,遗体推进去火化。宋百成呆立了一会儿,忽然对水生说:"当年你师傅出殡,我都不敢去火葬场,没想到,赶上了玉生的葬礼。"宋百成跪在了水泥地上,对着玉生的遗像说:"我要给玉生补磕三个头。"

复生说:"你凭什么磕头?"

宋百成说:"你爸爸知道的。"

水生看着玉生挂在高处的遗像，心想，玉生啊，有趣吗，你出殡居然遇到了宋百成这个王八蛋，真是奇怪。玉生仍是微笑，目光投向远处，似乎已经不在意人世的事情了。

玉生的骨灰盒寄存在殡仪馆，铁制的格子，有点像更衣柜，哐的一声关上。水生让复生跪下，对着格子磕头，心想下一次打开这个柜子时，应该自己也死了吧。

家里没有了玉生，变得空荡荡的，水生坐在藤椅上，看外面下着连绵春雨。玉生的遗像，挪到了家里的墙上，面对着窗，陪他一起看着，或是他陪玉生一起看着。有一天他忽然哭了起来，复生问他怎么了，水生说："玉生活着的时候，家里总有一股中药的气味，我闻了很多年，已经习惯了。现在中药气味淡了，没有了，我才觉得玉生是真的不在了。"

这之后，复生忙着准备高考，水生觉得自己已经上不动班了，但仍必须去上班，因为复生如果考上了大学，学费和生活费相当高，总不能都让土根来承担。

如今的苯酚厂，已经不再叫"前进化工厂"，改名叫"东顺化工有限公司"。东顺，意思就是宿小东很顺利。大家就说，妈的，离"东来顺"不远了，我们都是涮羊肉。

这一天深夜，水生在车间里干活，看见一条人影进了车间资料室。那里都是设计图纸。水生想，大半夜的，哪个技术员会来找图纸呢？资料室的灯没打开，这个人用手电筒照了一通，鬼鬼祟祟地出来，胳膊底下夹着一卷图纸。水生明白了，遇到小偷了，就喊了一声，此人拔腿就跑，水生追了上去。

小偷跑出车间，向污水池方向狂奔。水生紧追，越追越明白，这个人是厂里的职工，深更半夜在黑暗中跑，对路况极其熟悉。污水池那一带，设备错综复杂，很容易逃走。

水生气喘不止，跑不动了，但前面那个人也好像累趴下了。水生想，哼，他比我老。越追越好奇，两人在一堆管道和反应釜中间捉迷藏，猛然打了个照面，水生一把揪住小偷的衣领，说："偷图纸啊，你想干什么？"

小偷低声说："水生，放我一条生路吧。"

水生看清也听清，这个人是邓思贤。

水生拉住邓思贤，两人坐在污水池边上。邓思贤说："最近有一个私人老板，也想开一家苯酚厂，他来找我，让我去设计图纸。我答应了。"

水生说："这车间的设计方案，我和你都清清楚楚，你甚至比我更清楚。闭着眼睛都能画出来，为什么要偷图纸？"

邓思贤说："有一座冷凝塔是你当年改建过的，我不知道设计方案。"

水生说："那你偷到了吗？"

邓思贤说："没有，没有图纸，我胡乱偷了几张出来就遇到你了。"

水生冷笑说："那个冷凝塔的图纸我早就销毁了，厂里只能按原样检修，但找不到原始图纸了。"

邓思贤说："你够坏的。"

水生说："你还不是一样，我有一次找你设计的管道方案,也没找到。"

邓思贤说:"是的,我也销毁了。"

水生说:"电路图纸也少了一半,估计老电工也这么干了。"

邓思贤说:"宿小东找了很多外地民工来顶岗,他们的工资低,又找了一些新毕业的大学生来做技术员,他们服从管教,理论水平比我们都高,而且会电脑。如果不销毁图纸,我们这些老技术员和老工人,用不了三天就会被清退。"

两人感叹了一阵子,水生站起来说:"邓工,你在外面造新厂,要小心点。你会把我们厂搞垮的。我不抓你了,你走吧。"

邓思贤拉住水生说:"现在已经没有我们厂了,只有他们厂。不如我们一起干吧,那张冷凝塔的图纸,我想了半天也想不出来该怎么画,相当复杂。你太坏了。"

水生说:"我帮你画就可以了,你不要拖上我一起,这很缺德的。"

邓思贤说:"我要造新厂,还要负责出成品。我只会设计,不会操作,你是第一流的操作工,我一定要拖上你的。"

水生说:"不行,我不能做这种事。"

邓思贤说:"我分一半钱给你。"

水生说:"厂会垮掉,我们半辈子都在厂里的人……"

邓思贤说:"有十二万块钱,我分你三万,试产成功你再单拿五万的操作培训费。"

水生说:"说话算话啊你。"

33

私人老板的厂在须塘镇,就是根生的老家。老板是个大款,第一天见面,带邓思贤和水生两个进了一家夜总会。女人穿得很少,在台上蹦蹦跳跳。大家身边,一人分配一个,都是浓妆艳抹,拼了小命地喝酒。须塘镇的镇长也来了,给两位工程师敬酒,谈到产业改革,光是搞农业,经济上不去,镇上也要投资工业。水生尚有忐忑,镇长说,大领导早就讲过要深化改革,大家随便搞,不要怕,我是镇长,再怎么说也比你们东顺那个董事长的级别高吧。

喝完酒,女人散去,老板从手包里掏出一万块定金,给到邓思贤手里。相当大方,连收条都不用打,完全不担心邓思贤变卦。这种手笔,看着让人放心。回家的路上,邓思贤在出租车上分了五千块给水生。

水生从来没有拿到这么多钱,尤其是,活还没干,就已经收到巨款。邓思贤说，这是现在做生意的规矩，如果没有定金，你当他空气，喝喝他的酒，什么正经事都别谈就回家。

水生回到家，把五千块现金放在玉生的遗像前面，让她也高兴高兴。自此，水生就不去上班了，窝在家里画图纸，整日埋头苦干。复生也是整日埋头复习功课，家里一片安静，只有玉生在高处向他们静望。

图纸完工，又拿到五万块。这次邓思贤分给了水生一万。

新的苯酚厂在须塘镇边上造了起来，邓思贤和水生商量了一下，找到以前的老同事，那些退休的电工、焊工、机修工，还有化验室的退休女化验员，大家全部来到须塘镇，像过节一样，每人领到自己的那份酬劳，除了干活，还帮厂里培养技术骨干。到了夏天，新厂造好了。

试车那天，恰好是复生高考的日子，水生在此之前问她："我不能陪你，你行不行？"

复生说："没事的，我自己在外面买东西吃就可以了。高考你也帮不了我。"

水生说："我车间要试车了，如果成品出不来，我就一条老命搭上去了。如果出得来，你读大学的钱就有了。"

复生拍水生肩膀说："爸爸，我们都拼了，不要让妈妈失望。"

水生心想，有这个女儿真是值了。

试车了，一大清早，车间里的人都面色凝重，镇长和老板都坐在边上压阵。水生很紧张，邓思贤倒比较放松，给自己泡了一杯浓茶，一边喝一边看水生操作。水生偷偷说："邓工，如果试车不成功，怎么办？"

邓思贤说："投资了几百万下去，不成功也得成功。"

水生说："我们是豁出去了。"

邓思贤说："以前在厂里，产品做废了最多只让你赔一小半，现在我们要豁出去，因为我们不再是拿几十块的工资，而是十几万。不过我也留着一手，合同里写清了，允许前三批产品不合格，由老板来买单。"

水生说："老板也豁出去了。"

水生指挥工人打开仪表和阀门，整个车间像是活了过来，微微震动，有了呼吸，有了温度。水生忽然觉得，这个车间也像他的儿子，虽然是私生子，仍然血脉相连。这一天中午，成品出来了，化验员只看了一眼就摇头，说这个肯定不合格，这第一锅原料整个地废了，损失巨大。镇长和老板的脸色非常难看，水生和邓思贤都傻了。大家去吃了一顿午饭，看了看图纸，又把设备检查了一遍。下午再投料，大家都头皮发麻。水生喊了一声："等等。"

邓思贤问："做什么？"

水生说："祭炉。"差一个小工去食堂拿了两瓶酒过来，摆了个桌子在车间门口，点了三炷香。

邓思贤看不懂了，说："祭谁？"

老板和镇长都说："陈工是对的，我们试车之前都没有去烧过香。"

水生不说话，咬牙脱了上衣，扎在腰里，光膀子举起酒杯，敬天，敬地，把酒洒了，又端起一杯酒，说："师傅，这杯酒敬你，保佑我顺当，今天过了这一关。"酒在车间地上。再一杯，敬了师兄孟根生。一杯一杯，把过去苯酚车间死掉的工人，凡是想得起来的都敬了过来，其中还有李铁牛和段兴旺。镇长说："不得了，诸葛亮摆七星灯。"水生敬完酒，仰望车间外面的天空，来了一朵乌云，压住了太阳。邓思贤低声说："你好像忘记了汪兴妹。"水生拍脑袋说："她也要敬？"邓思贤说："她很厉害。"邓思贤拿了一杯酒过来，也洒了，说："汪兴妹，也有你一份，我和水生乱搞迷信，你要帮忙。"两个人一阵念叨，老板看了也很相信，关照旁边的工人不许笑。水生拎了酒瓶，跑到车间最高的平台上，几乎可以用手摸到避雷针了。水生说："师傅师兄，诸位爷们，兄弟姐妹，你们已经解脱了，变成过路的神仙，不管大神小神，都保佑我陈水生，要争气，不要让我死在自己最拿手的事情上。从此清明冬至，我给你们烧香磕头。"这朵乌云，停在上空不动。水生举起酒瓶洒了一大半，自己也喝了一口，喊道："投料。"

　　这一天下午出来的成品，成色气味都好，化验结果是一等品，工人们一阵欢呼。水生走到车间后面，抱着树哭了一场。连续四天，设备运转正常，第五天水生累得像狗一样回到了家里，只见复生半躺在床上看电视，高考也结束了。

　　复生哧哧笑道："陈工，感觉怎么样？"

水生说:"陈工感觉自己又投了一次胎。"

新工厂运转了半个月,水生将厂里的工人培训了一轮,正式移交给老板。按理说,应该拿到设计费和操作培训费,但是没有,邓思贤催了几次,镇长不见了,老板也找不到。有一天去车间,厂里的两个干部把水生和邓思贤挡在了外面,说:"你们不能再进去了。"

水生问原因,两个干部说:"我们也不知道,你们自己去找老板问吧。"

找了一个星期,老板总算出来了,这次谈事不是在夜总会,而是食堂,老板身后站了一群赤膊青年,态度相当不耐烦。

老板说:"你们出了一锅废品,损失了我二十万,这得你们赔出来。看在你们很辛苦的份上,大家扯平,定金归你们,余下的钱你们就当是安慰安慰我吧。"

邓思贤说:"不对,我们有合同,上面说了……"

老板说:"合同对我来说,不过是草纸。"

两人被赶了出来,以前都是坐轿车进出,现在只能走回城里了。走了一个多小时,邓思贤走不动了,坐在路边不说话。

水生说:"想开点,邓工,好歹你拿了四万五千块,我也有一万五。"

邓思贤闭目,想了想说:"后道工序上,还有排污处理没有设计,环保上通得过吗?"

水生说:"不知道,如果在城里,肯定通不过,会罚款,天天罚,但是须塘镇上,我认为他们根本不知道什么叫环保。"

邓思贤说:"我回去就打举报电话。"

水生说:"邓工,你狠。"

邓思贤摘了一片大树叶,给自己扇了扇风,冷笑说:"岂止?我已经接到下一单生意了,白塔镇也有一个老板想开苯酚厂,或者是化肥厂,他还没决定。我们先回家,过几天去白塔镇,把那个老板说服了,让他造苯酚。这一次,我们要学乖一点,把价钱开高。须塘镇的车间试产成功,是个证明,老板们都会来找我们的。"

水生说:"啊?邓工,你还要干?"

邓思贤说:"摸着石头过河,摸着乌龟王八蚌壳精,也要过河。我不但要把宿小东的厂搞垮,还要把须塘镇的厂也搞垮。妈的,不要以为工程师就是软蛋。"

34

水生做设计收钱，每一笔都是现金，因为老板们总是给现金。每一笔钱带回家，他都会放在玉生的遗像下面，给她看一看。水生会低声嘀咕："玉生啊，你没福气，我已经挣了这么多钱，可是没法给你花。"

家里只剩下水生一个人了，复生考上大学，在邻省的省会。虽说扔铅球没能给她加分，但还是达了本科线，念的是旅游管理专业，每年寒暑假才回来。水生也经常去外地出差，临出门前又会叮嘱道："玉生啊，你看家了，我出去锛钱了。"

水生办了退休手续，和邓思贤两人在周边的镇上造了四个小苯酚厂，江对面还有两个，产量有高有低，六个小厂，总和起来已经抵得上东顺公司了。再要造的话，就有点说不过去了，因为产能过剩，而且城里城外都是苯酚的气味。老板们不是傻子，要找市场空缺的话，情愿投资其他产品。水生觉得自己的钱也挣够了,虽然只有几十万,但这已经远远超过他的预期。苯酚厂有哪个人退休之后能挣这么多钱呢?大家都在打麻将,等死。

有一天他接到一个电话,对面的人一开口,水生就骂道:"长颈鹿,你这个混账,我到死都记得你的声音。"

长颈鹿说:"陈工不要生气,我是来给你送钱的。"

长颈鹿再次出现在水生面前,十年不见,他已经变成一个大胖子,脖子也没了,西装闪亮,戴着领带。水生问他混得怎么样,长颈鹿说,这些年得罪了一些人,跑到外省做生意,赚了又亏了,然后投靠了一个浙江老板,做了部门经理。

水生问:"广口瓶那个畜生呢?"

长颈鹿说:"五年前就被人杀掉了,具体怎么回事我也不清楚。"

水生说:"罪有应得。你给我送什么钱?"

长颈鹿说:"我当年,做过苯酚车间操作工,现在这个系列产品在国际上都是紧俏货,我们中国的化工产品,优势很大。将来的中国,会变成一个国际加工厂,你如果去浙江看看就知道了。"

水生说:"我对国际上的事情没兴趣。"

长颈鹿说:"我的老板,身家上亿,他要投资造一座苯酚厂,什么东顺化工,全都不在他眼里。我做过操作工,算是有革命经验的,以后就是这家公司的负责人,老板给我干股的。现在当务之急,是请你出山。我打听过了,你和邓工,战绩辉煌,你们已经快把宿小东逼死了。"

水生说:"你这个人靠不住,劣迹斑斑。"

长颈鹿说:"喂喂,陈工,你不要乱说,我的老板很信任我的。如果你抱这种想法,到老板面前一说,我岂不是变成了傻瓜?你不想做,我去找邓工。"

水生说:"那你还是找我吧。"

长颈鹿说:"就是嘛,所以说是给你送钱嘛,否则的话,我送给邓思贤好了。"

水生说:"钱这个东西,真是挣不够啊。"

长颈鹿说:"陈工,你当年有恩于我,我是不会忘记的,我是个好人。"

水生点头,让长颈鹿安排与老板见面,自己去找邓思贤。长颈鹿答应了,只叮嘱一条,以后不可再喊他绰号,人前人后,必须喊他常总。水生说:"我都忘了你姓什么。"长颈鹿:"当然姓常!"回到家里,水生给邓思贤打了一个电话,邓思贤说:"这票要是做成,陈工,你拿大头。生意是你接的。"

这票生意极大,浙江老板预想的产能和东顺公司不相上下,按投资比例计算,水生和邓思贤的设计费可以拿到五十万。两人去了一趟杭州,拜会老板,看了看现场图纸和照片,诸事谈妥,又埋头在家里画图纸。足足两个月,图纸出来时,邓思贤说:"我觉得,这次宿小东会哭的。"

两个花白头发的老头,背着画纸筒,拎着行李,登上卧铺长途汽车,到浙江去了。刚一上车,天边春雷又响,水生想,这是玉生在给我送行,玉生已经去世三年了。浙江一带,山水清秀,雨色朦胧,看到满坡的茶树,两人像小学生春游一样高兴。中途,车到一个小村休息,各买了一斤特级龙井,摊主又送了两个玻璃真空杯,倒水给他们品茶。两人坐在长凳上吃茶,等车开,邓思贤指指不远处,一辆轿车停着,水生认得那是宿小东的车。没想到,东顺公司的宿董事长,也来了这里。

稍后,宿小东和他的司机从厕所里出来,要上车走,他像是感觉到了什么,转头来看,也发现了水生和邓思贤。他没有打招呼,只是看着。水生和邓思贤同时举起茶杯喝了一口,杯子挡住脸,露出眼睛。三个老头在春天微寒的空气中对视,冷冷的一股杀气。过了一会儿,宿小东去摊上买茶叶,水生对摊主说:"十块钱一斤,卖给他。"摊主说:"老先生说笑了,这是一百块一斤的。"

邓思贤懂水生的意思,指着宿小东,接茬说:"这个人是两分钱一斤,把一个厂都买下来了。"

宿小东上车走了。邓思贤说:"他现在是资本家了,听说儿子已经去了美国。"

水生说:"很好。他想要资本家,我们就多送点资本家给他。"

汽车一直开到浙南,靠近温州的地方,人们讲的话全都听不懂了。长颈鹿亲自开车来接,安排在一家宾馆住下,先到城里逛了逛，地方不大，金属加工厂极多，专做龙泉剑和雨伞，很富庶。水生觉得不错，厂要是开在太穷苦的农村，成本是低了，但工人素质会很差。

回宾馆房间里，长颈鹿要拿图纸。邓思贤说："现场看看可以，要拿走，不行。定金十万你已经付过，图纸我们画好了。如果想拿走，余下的四十万，你要给到我们。"

长颈鹿说："邓工，哪有这种道理？万一你图纸画错了呢？"

邓思贤冷笑说："你这么讲话，不怕得罪我吗？"

长颈鹿说："我是管事的，但不管钱。老板吩咐，图纸要先交到他那里，化工学院的专家论证过，才能上马。在此之前，不能付你更多的钱了。"

水生说："我们商量过，正因为你们公司实力太强，拿到图纸把我们甩掉，很容易。这两筒图纸价码就是五十万，合同写清了的。"

长颈鹿大为头痛，出去打电话。邓思贤低声问："水生，生意是你拉的，最低多少，你想过了吗？"水生低声说："最低二十万，拿到手，即使他们踢走我们也值了。踢走就不用试产，省了很多风险，我也不用跳上跳下起乩作法了。"邓思贤说："倒也实惠。"

长颈鹿走进来说："老板说了，再付十万，明天端到二老面前。你们不能跑路，如果图纸不合格，就在这里改，公司好烟好酒伺候着。夏天工厂破土动工，你们来现场指导，再付十万。试车成功,付清余款,另外还有操作培训费一笔,再加工资,在厂里工作一个星期就是五千。"水生和邓思贤对视一眼。长颈鹿说:"两位爷,这已经是最优待了,老板的耐心是有限的。"

水生点头说:"那就相信你一次,长颈鹿。"

长颈鹿说:"告诉过你不要在这儿喊我的绰号!"

晚上去吃饭,长颈鹿说,老板要他照顾好工程师,点了几道海鲜,邓思贤和水生都没有吃过,很对胃口,服务员端上来一个锅盖那么大的动物,也不认识。长颈鹿说:"这叫鲎,是东海特产。"又吃了几杯绍兴黄酒,长颈鹿坏笑着说:"海鲜是大补的,吃完了火气会很旺,你们不要生气。晚上有惊喜。"

水生和邓思贤回到各自房间,水生歪在床上看电视,听到有人敲门,打开门,还没看清,闪进来一个穿短裙的姑娘,足踏白色运动鞋,手里拎着小篮子,反手锁了门。水生吓退一步,问:"你是谁?"姑娘咻咻笑道:"我是技师呀,按摩技师。"水生忙说:"我没叫按摩呀。"技师说:"老先生,常总已经付过钱了。"

技师温柔地把水生推倒在床上,水生捏住自己的衣服,想爬起来。技师说:"老先生,年纪大了,不要犟,当心扭伤。"水生想喊人,又想,这种事情喊人进来看,也太丢人了。就在床上打了个滚,坚决不让技师近身。技师说:"你脱吧。"

水生说:"我不能脱。"

技师说:"你不脱我怎么给你按摩呢?"

水生说:"长颈鹿这个混账。我不脱。"

技师委屈地说:"脱吧。"

水生说:"不脱。"

技师说:"呜呜呜,常总会说我的。"

这个时候,水生听到床头传来吱吱哇哇的动静,隔壁邓工已经迫不及待开始了,房间隔音太差,直传到这里来。水生心想,邓思贤这个家伙,从来意志就不坚定。水生敲敲墙壁,喊道:"邓工,你都多大了,还搞这个?"听到邓思贤快乐的声音:"我们才五十多岁啊,水生!"

技师一把抱住他,说:"水生,脱吧。"

35

浙江之行,水生不但见识了国际加工厂的面貌,还拿到了一笔巨款,并且堕落成老流氓,十分内疚,回去的路上一直很沮丧。邓思贤劝道:"水生,男人难得风流一次,不要紧的。"

水生说:"我是鳏夫,理论上不要紧。你呢?"

邓思贤说:"我很苦闷的,家里老太婆太凶,我赚来的钱全都被她管着。她不体贴我,烧菜很难吃,还嫌我身上有苯酚气味。我虽然是在厂里上班,但毕竟是个知识分子,也是有追求的。她把我当工人那样使唤,早就没有感情了。"

水生说:"就算你老太婆温柔体贴,我觉得,你还是会忍不住跟技师鬼混的。"

邓思贤说:"这倒也是。"

水生说:"一般男人挡不住。"

邓思贤说:"你就不要给自己找理由了。"

水生说:"长颈鹿付过钱了,但我又给了她五百块钱。"

邓思贤说:"你很上路。这些姑娘家里都很穷苦,你是在做慈善。"

水生说:"她们应该去做点正经工作。"

邓思贤嗤笑道:"正经工作?到苯酚厂去上班,你收她们吗?这些姑娘又不是做一辈子技师,我问了,她们挣到一点钱之后,就会回到家乡,嫁个男人,开个店什么的。不用你教育,她们也会变成正经人的。"

车到城里,两人下来,先奔向厕所。邓思贤这时又觉得自己老了,前列腺不行了。旁边有人猛拍了邓思贤一把,说:"小东西,你头发也白了。"两人转头去看,原来是老书记。

老书记七十多岁了,头发落得不剩几根,穿着西装,背着一个皮包,要去省城。水生问他去做什么,书记说:"宿小东侵吞国有资产,我已经找到了一些证据,以前举报,上面不闻不问,最近我有个亲戚升了省里的高级干部,我要去告,争取把他拉下马。"

水生说:"书记,你都七十多了啊。"

书记说:"我虽然老,但必须出头,厂就像我儿子,我不给它伸冤,就没天理了。"

邓思贤说:"书记,我们等你捷报,把宿小东这个混蛋捉起来,好好整治他。"

书记说:"你们和宿小东有私仇,我没有,我是为公家出头。背着包到省城去告状，我也变成老讨饭的啦。"

三个人坐在路边，问了问近况。水生和邓思贤都不敢说实话，只说到浙江去买茶叶了。书记瞥了他们一眼，淡淡地说："听说你们两个搭档，挣了不少钱嘛。"

水生说："一点小钱……"

书记说："还把厂里老工人也拉走了。"

邓思贤说："帮他们改善生活……"

书记叹了口气说："这样也挺好。你们挣到钱，不要乱花，也不要买股票，记得去买房子。我家边上的商品房，去年六百块一个平方，今年已经涨到八百了。厂里分配的公房，我比较清楚的，建筑质量很差，你们住不到老的。去买套新房子，养老吧。"

水生说："我们记住了。"

书记站起来，整了整包带子，摇摇头，像看两个小流氓一样瞥了他们一眼，走了。水生觉得很难过，书记已经七十多岁了，头发不剩几根，还背着包，包里全是举报材料。

水生背着画纸筒回到家，从筒里倒出来几捆钱，坐在玉生的遗像前面发呆。

水生说："玉生，我去了浙江，挣到了一大笔钱。"

"复生的学费有了，嫁妆也有了。"

"我吃到了一种叫鲞的东西，你肯定没见过。"

"我想，赚来的钱去买套新房子，这里的房子租出去。你要跟着我一起搬家了。"

最后，水生想了想说："关于技师的事情，你还是不要知道的好。不会有下一次了。"

玉生不理，仍是微笑着看窗外。玉生已经去得太远了。

这天夜里，水生做梦，梦到师傅和根生，还有一堆乱七八糟的人，全都跑出来揍他。水生浑身酸痛醒了过来，天还没亮。梦里也没有玉生，只有打他的人。水生想，就算自己死了，要找到玉生，恐怕还是难。如果找不到玉生，就连死都没什么大意思了。

几天后，东顺公司来了一个黄科长，以前不认识。水生让他在厨房里坐下，这个人很傲慢，不肯坐，只站着说："董事长已经知道了你的事情，你等法院的传票吧。"

水生说："我犯了什么罪。"

黄科长说："你侵犯了厂里的技术专利。"

水生这些年跑惯了江湖，早就了然，冷笑说："我是一个退休老头，既没有厂也没有公司，没有生产任何东西，请问我怎么侵犯你的专利？"

黄科长一愣，只好说："你窃取了公司的技术资料。"

水生说："我没有拿过东顺公司的一张图纸，说起来，东顺公司的车间是我设计的，这些东西在我脑子里，我想告诉别人，是我的权利。请问你和我签过保密协议吗？有封口费吗？"

黄科长说不出话来。

水生说："我为国家工厂设计图纸，但它现在是宿小东的公司，你回去告诉他，老子只要开心，就把图纸免费画给全世界的资本家看。"

黄科长说："你不要太嚣张。"

水生站起来逐客。人走后，打电话给邓思贤，邓思贤大笑："宿小东这个王八蛋，恐怕也会来找我。我要问问他们，是什么逻辑？我们设计的车间，他三钱两钱买下来，变成他自己的，然后他就说，我们研究了一辈子的技术是他的。"

水生说："我们该怎么办？"

邓思贤说："水生，我们已经豁出去了，不要问我怎么办，随便吧。另外告诉你，这个季度东顺公司的产量和销量都跌得很厉害，有技术的工人全都跑到我们设计的厂里去了，他们的一级成品率低，外贸公司不要他们的货，二等品卖一吨亏一吨。"

水生说："邓工，我们到底是在做好事，还是在做坏事？"

邓思贤说："我们造的厂，产品质量好，技术工人赚得多，老板们都很尊重他们，另外还解决了至少五百个农民的就业问题。我们是为国家作出贡献的。"

水生叹气说："你这么说，不知道国家认不认。"

邓思贤说："反正报了仇了。我坐等宿小东卖地卖厂房。"

水生想想，保险起见，这个地方不能住了。第二天就去银行提了钱，在书记家附近买了一套商品房，花了十万块。街对面是派出所，报警容易，坐牢也很近。房子在三楼，光线很好，窗外是一条小河。最重要的是，这里离化工厂很远，再也闻不到各种让人发昏的气味了。

36

这年冬天,浙江的化工厂已经造好,马上就要试车。水生和邓思贤两个人又坐上长途汽车,去做最大的一票生意。

水生说:"邓工,这次做完,我们就可以收手了。"

邓思贤说:"完全可以再做做嘛,我在家很没劲的,浙江好玩。"

水生说:"你还在想着技师。"

邓思贤大笑说:"水生,我和你共事很多年,在一个办公室里,我看你,你看我。我和你相处的时间比和我老婆的还长,有时觉得,你都快变成我老婆了。"

水生说:"放屁。"

邓思贤说:"这次,我一定让长颈鹿安排一个好宾馆,至少隔音效果好一点。"

水生说:"邓工,我认识你三十年,不知道你这么奔放,而且有点下流。"

邓思贤说:"我的人生很苦,年轻时坐过牢,告我破坏生产,我娶的老婆很不如意,又不敢离婚。我是个有文化的人,本质浪漫,但是你要是坐过牢就知道了,他妈的,对女人没有任何要求,能娶到家里就够了。结果呢,后悔一辈子。我想再浪漫一次。"

水生说:"邓工啊,那只是一个技师。"

邓思贤闭目笑笑,水生知道他又陷入了幻想。年轻的时候,他坐在办公室里,经常背靠着椅子,翘啊翘啊,哼一首小小的黄色歌曲,如有人进来,他就立刻正襟危坐。大概他脑子里飘过的,就是各种各样的女人。

车到半途,邓思贤下了卧铺,想从包里拿东西,他捞了两下,摸到包但是手忽然不听使唤了。邓思贤艰难地抬头,对着打瞌睡的水生含糊不清地喊了一声:"水生,我,救命。"水生睁开眼,邓思贤倒了下去。

水生爬下卧铺,邓工最后看了他一眼,眼睛湿了,十分悲哀,已经没法说话。水生知道他中风了,忙去拉他的手,邓思贤紧握住水生的手,呼吸变得粗浊,一点一点睡了下去。

这一趟汽车上只有三五个乘客,车在山里,无法医治。有懂一点的人说,不能搬动他,让他侧躺,跟他说话,唤醒意识。水生就一直蹲着,后来累了,坐在邓思贤身边,拉住他的手,喊他的名字,企图把他喊回来。

水生说:"邓工,这次我们能拿一大笔钱啊。"

"你的房子怎么还不买？书记说了，买房子。"

"邓工，我一个人试车，心里没底。"

"邓工，想想技师啊。你可以浪漫，我再也不说你了。"

两个小时后车到站，邓工睡得像一个婴儿，送到医院，第二天去世了。

水生一个人来到新厂，造得十分气派，管道笔直，反应塔直冲云霄，所有的设备崭新锃亮，编号清晰。工人都是精壮小伙子，化验员和技术员一概大学毕业，劳保用品一应俱全，端的像个国际化的大企业。水生心里想，邓工，你看不到这些了，实在可惜。

试车那天，水生在车间前面摆了一张桌子，放上三杯酒，自己穿得端端正正，上了三根香。水生念叨了一串名字，又添上了邓思贤，水生说："让大家来保佑我，钞票我一个人挣了，实在过意不去。这是最后一次麻烦你们。"

这一天，不但老板在办公室等着，长颈鹿等着，连外贸公司的运货车都在等着。产品出来，全部是一等品，车子立即运走。外贸公司的业务员说："恭喜，东顺号称要成为全国最大的苯酚生产基地，看来是成为泡影了。"

水生问："东顺会怎么样？"

业务员说："死定了。"

水生想，我真的搞垮了我的厂。

此后一段日子，水生在工厂里负责调试设备，培训工人。工人对他很尊重，但水生感到有点寂寞。邓工出事后，长颈鹿也不敢再叫技师来了,怕仅剩的一个老头死在床上。工厂运作顺利,水生有时去车间里踱一圈,心里满足而又遗憾。

有一天他走到车间里,看到一个穿工作服的小伙子,用脚踢上了阀门。恰好长颈鹿也在,看到之后,拎出这个年轻人,破口大骂。

长颈鹿说:"你这样会坐牢的。"

小伙子说:"我错了,常总。"

长颈鹿非常激动,继续骂:"你不信会坐牢,你肯定不信,但是用脚踢上阀门,在我以前的厂里,人人都知道是要坐牢的。"

小伙子说:"我不想坐牢,常总。"

长颈鹿说:"你被开除了,结工资,滚。"

水生走过去,劝开长颈鹿,问那个小伙子:"为什么要拿脚踢阀门?"

小伙子说:"因为贪方便,不用弯腰。"

水生说:"你说得没错。这个阀门是一个陷阱,它就是用来让人坐牢的。"

这个小伙子叫林福先,是个本科毕业生,在厂里做实习技术员,实际上就是操作工。水生将他保了下来,带他出去吃了一顿饭。水生问:"你是化工学院毕业的,为什么不去国营企业、外资企业,要到浙江山里来做工?此地生活很无聊,也学不到什么东西。"

林福先说:"老先生,我家在内地农村,十分穷苦。我读大学时一直在打工,专业学得不扎实,英语也不好,难找工作。"

水生说:"爸爸妈妈都是农民吗?"

林福先说:"妈妈早就去世了,爸爸是农民,只会种点玉米和马铃薯。"

水生说:"可怜。三十多年前,我第一次遇到我师傅,他很体恤我,把所有的操作技术都教给了我。你是化工学院毕业,按理应该跟我学设计,但我的理论水平不会比你更好,你要是愿意,我就教你操作技能吧。一个有经验的操作工,也是很有地位的,慢慢地你可以做到车间管理。操作技术不好,纸上谈兵,嘴里放炮,是没有资格做管理的。"

林福先立起来鞠了个躬说:"师傅,谢谢你。"

水生说:"再也不要用脚去踢阀门了。"

林福先相当懂事,经水生亲自调教,操作水平上升得很快。水生在工厂里养成的习惯,下班之后要去大浴室泡澡,但这里没有,他去外面大浴场洗,林福先便陪着他。过去在工厂里,徒弟要帮师傅搓背,现在不用了,水生有钱,叫了搓背工来做。林福先在一边候着。水生说:"你也去搓个背。"林福先有点为难。水生说:"我来买单。"林福先说:"让师傅买单,不合规矩。"水生说:"世界上哪有那么多规矩?我们都是普通工人。在厂里是师徒,到了浴室里,只是两个洗澡的人。"

水生说:"我的师傅,是个大好人。他帮我申请了鞋子,人家只有一双,我有两双。他帮我要到了补助,我活了下去,买了第一辆自行车。"

林福先问："后来呢？"

水生说："后来，他把女儿嫁给了我。"

林福先说："啊，那么，师傅你有女儿吗？"

水生笑道："我倒是有一个女儿，可惜脾气很坏，没有什么男人罩得住她了。"

林福先说："我听常总说，师傅当年在厂里，是很有威望的。"

水生说："我年轻时候，很喜欢工厂，觉得像我的家。一个工程师，走在街上连条狗都不如，只有在工厂里还有点价值。但是渐渐地我也不喜欢工厂了，人活一辈子，就活在一个厂里，一个苯酚车间里，三分之一的人退休了立刻生癌，这个比例几十年都没有降下来过。他们都过得很痛苦。小林，你有机会，要走出去看看。"

林福先说："我知道。"

水生说："我也要回家了，我想玉生了。"

水生背着他的画纸筒，里面装着钱，一个人回去了。这一天林福先送他，到车站上，林福先说："师傅，我这边结束了就来找你，你继续教我，我们一起出去做设计。"

水生说："笑话，我一个老头子，能教你什么？我也不会再去做设计了。我带着你，像一个老讨饭的带着小讨饭的，很难看的。"

水生上车，拍拍林福先的肩膀说："自己去混世界吧。"

37

水生没有回家,他背着画纸筒,坐上汽车,去了很多地方。有一天他到了海边,正好是中午,他想,我名叫水生,但我还从来没见过海,就在江上面渡过来渡过去,太无聊。他坐在沙滩上,有一朵乌云又停在了上空,他以为会听到海浪的声音,但是没有,海很安静,乌云也很安静。水生就说,玉生啊,我也不知道自己这辈子会停在哪里。

快放暑假了,水生去接复生。到了大学宿舍,同学说复生在操场上,水生走过去找她,只见复生穿着背心短裤在跑道上飞奔,球鞋很脏,腿好像更长了。看见水生,复生挥手喊:"爸爸,早上好。"又跑了一圈才停下来。

复生问:"你最近去哪里了?"

水生说:"我到处乱逛。"

复生拿过他的画纸筒,打开,闭上一只眼睛朝里看了看,说："嚯，还真有钱。"

水生说："钱放在画纸筒里最安全了。我身上的钱花光了，就从里面拿一点出来，这么走啊走啊，也不知道花掉了多少钱。"

这时有个戴眼镜的男生走过来，跟着复生，脚尖踢着石头，很不乐意地晃着身体。水生说："他为什么扭屁股？"复生嗤笑说："这人脑子有点不太好，我们走吧。"水生说："这人是在追求你的吧？"复生说："可笑的男人。"走远了才又说："是个很小器的男人，爱生气，而且吝啬，一块钱都不舍得多花。我并不喜欢他，尤其不喜欢中国人锱铢必较的样子。"

水生说："过去一块钱能买好多烧饼，人要是快饿死了，一个烧饼就能活过来。锱铢必较是没有办法。"

复生说："我们说的是两码事嘛。"

两个人收拾了东西，坐上长途汽车回家。半路上，车子忽然爆胎了，水生觉得屁股下面一震，车头扭转，轰的一声停在了田里。司机脸色发白，满车人都下来了。水生也很害怕，倒是复生不在乎，跑到田里去捉蜻蜓了。水生嘀咕说："我在公路上见过爆胎，很多车毁人亡的，我停在这里不要紧，搭上你就太亏了。"

复生指着远处说："好像到石杨镇了。"

水生看了看，说："确实是石杨镇。这车一时半日也修不好了,我们去看看土根在不在吧。"

两人到了镇上,只见飞沙弥漫,树叶全都沾着粉尘,机器的轰鸣从远处不断传来,巨型卡车载着石头开出去。再往里走,大群的工人,蹲着坐着,已经把小镇占领了。这些人穿着深蓝色的工作服,头戴安全帽,衣服背后印着两个很熟悉的美术字,东顺,下面还有拼音字母。

水生问:"东顺在这儿干什么?"

工人答:"把这里的一座山买了下来,开石头。"

水生说:"你们不是做化工的吗?"

工人说:"我们是集团公司了,有钱什么都做啊,开山卖石头更挣钱,现在建材很紧缺。老板还投资了房地产。"

水生明白了,拉着复生走进镇,稍稍安静了些。找到土根的小作坊,进去一看,工人没有了,狗也没有了,机器少了一半,全都停着,土根一个人坐在台阶上哭。

水生说:"土根,土根。"

土根抬头看看他,点点头,继续哭。水生说:"土根你怎么了?"土根哭得更伤心了。复生走过去踢了土根一脚,说:"土根,哭傻了吗?"土根很惊讶地说:"你也喊我土根?"复生说:"干嘛,你就叫土根啊。如果不喜欢这个名字,去改一个呗。"土根嚎啕大哭。

水生扫一眼就明白了,土根的作坊已经亏没了。

土根说:"我的儿子强生,是个扫帚星啊。"

水生问:"强生出什么事了?"

土根说:"赌钱啊。"

那强生今年已经二十岁,初中毕业就赋闲在家,从村里混到镇上,自觉是个大老板的公子哥,结交的都是附近的闲汉,喜欢打麻将、玩梭哈,不赌不快,逢赌必输。起初是几十元的小彩头,后来成百上千。土根颇有家产,也经不起这么折腾。强生虽衰,志气倒是很高,二十岁就想着接手这座作坊,让土根退休。土根不肯,作坊里乌烟瘴气,不久连工人都吓跑了,土根只能自己干活。

土根说:"早上我让他开车去拿一批原料,我亲自来做,没想到,他半路上去赌钱,输啊。"

复生说:"你给他钱,他当然输畅了才开心。"

土根说:"我早就不给他钱了,他把原料都押上了赌台啊。"

复生叹气说:"那你以后不要让他去运货了。"

土根哭道:"他直接连汽车都输掉了啊。"

这时外面传来一阵稀里哗啦的声音,进来一个尖嘴猴腮的青年,晃着肩膀,叼着香烟。这就是强生。他用发育不全的嗓音尖声问:"土根,想好了吗?"

土根拉住复生的裤脚管,指着强生说:"他,他也喊我土根啊。"

复生上前,一把薅住强生的衣领,强生尖叫起来,复生伸出右手捏住强生的下巴,像扔铅球一样把他扔到了门口。土根拍大腿骂道:"不许打我的儿子啊。"复生撩起袖子,威风凛凛,回头对土根说:"你的儿子再不打就学不好了。"土根发昏了,爬过去抱住复生的腿说:"打我儿子,我跟你拼命啊。"复生无奈,再次用脚踢踢土根,说:"别哭了,你儿子已经跑掉了。"

这天下午土根渐渐清醒过来,情绪也平静了,看见复生,又高兴起来。土根说:"复生是大学生了,我帮你出过学费,你也不来看看我。"

复生说:"我心里有时也会惦记你。"

水生说:"是的,复生一下车就认出这里是石杨镇。"

土根又哭了,说:"土根我一世没有文化,复生是大学生,土根我高兴得哭了。我的四个小孩,三个女儿除了生小孩其他什么都不会,一个儿子除了赌博其他什么都不会啊。"

复生说:"你以后怎么办?"

土根说:"不要紧,我还藏了点钱,厂是开不下去了,养老足够。我自己的坟也砌好了,就在我爹娘边上,紧贴着表叔。"

复生说:"不要怕,我放暑假了,过几天好好来教训教训强生。"

土根说:"今天已经晚了,你们就在镇上住下吧。复生,你去看看大芳吧,大芳也是你的……"土根说到这里看了看水生。水生说:"你问复生吧,复生已经长大了。"

复生正色道:"土根,水生,你们都是我的爸爸,我认了。但我的妈妈,只有黎玉生一个人,没有别人了。观音菩萨把我送到她手里,我的名字是她取的,她不嫌弃我豁嘴,也不嫌弃我是个女孩。我其实很自卑,是妈妈她教会了我怎么有尊严地活着,虽然她没念过什么书,出身低微,但她心里是很骄傲的。我要是去见大芳,妈妈在阴间,恐怕会发小姐脾气。"

当天晚上,水生和复生住在镇上的小旅馆里,水生听到外面轰轰的汽车声,无休无止。水生心中不安,隔壁复生已经睡熟,找不到人说话,就独自走出旅馆。过去石杨镇到了晚上是漆黑一片,如今路灯和射灯交错,照得昏黄雪白,路上却不见一个人。水生走着走着,仿佛听到玉生在喊他,水生,又仿佛听到爸爸在喊他,水生。他有多少年没有想起爸爸的声音了。水生倍感凄凉,回到旅馆睡下,又辗转了大半夜。

第二天清晨,土根来找他们吃早饭,才到旅馆前面,看到一个穿着汗衫短裤的姑娘嗖地跑了出去,道路上的黄土在她脚下飞起来,球鞋很脏,根本别想嫁得出去。土根简直不相信自己的眼睛,追着喊道:"复生,复生。"复生没理他,一溜烟跑出了镇子。

土根拉住水生,说:"她为什么穿成这样跑走了?"

水生打呵欠说:"她早上喜欢晨跑,就为了这个,我连房子都买在了没有化工厂的地方。镇上灰大，她说要跑山路。"

土根说："哪条山路？"

水生说："有你坟的那条山路。"

土根说："很晦气的啊。不过也不要紧，山上埋的都是亲戚。"

水生说："复生说她要跑到山上对着你的坟打个招呼，再跑下来对着你打个招呼。"

土根越想越害怕，拉着水生，两人也跑出镇子，站在山脚下，只见复生穿玫红色汗衫的身影在远处的山路上，弯弯曲曲，跑得像一头母鹿。两人搀扶着，仰头看她，她越跑越高，仿佛已经没有什么东西可以牵绊住她了。土根说："水生，我们都白活了啊。强生和她比起来，就像一头猪啊。"

38

水生六十岁那年,做了一个梦,梦见玉生说,想要入土为安。水生说,我要和你一起落葬呢。玉生微笑说,你还要活很久咧。水生说,你哪怕等到冬至再落葬呢。玉生说,不用了。

水生想,玉生有她的想法。他醒了过来,给土根打了个电话,说前年在山上买的那一小块地,现在应该可以用上了。土根吓了一跳,忙问他什么情况,水生说一切都好,只是想玉生应该落葬了,请土根准备好石料与人工。

水生独自来到殡仪馆,从铁柜里取出了玉生的骨灰盒,它已经在这里放了快十年。水生跪下来给玉生磕了头,用红布扎紧骨灰盒,再套了一块麻布,两头系了个结,挂在脖子上。这种情况,出租车是不肯跑的,水生嫌包车麻烦,就坐上长途汽车往江边去了。

水生想起玉生说过，死人的灵魂是跟着骨灰盒一起走的，灵魂在野外要迷失掉，那个抱骨灰盒的人必须指引方向。一座山，一座桥，一个拐弯，都要说给灵魂听，一直走到落葬的地方，她就到家了。玉生教了水生很多。

这一路上，水生就在叨咕："玉生啊，前面过桥了。"

"玉生，转弯了。"

"玉生，经过苯酚厂了，不过它已经倒闭了。"

"玉生，我们到渡口了，要过江了。"

长途汽车缓缓开上渡轮，水生坐在车上，隔着茶色的玻璃看到外面，云变得格外清晰，一朵一朵，像是刻在了天上。向后看，苯酚厂的烟囱和厂房已经不在了，它们变成了一块工地，正在盖沿江高层住宅。水生想，这房子只能骗骗傻子了，内行都知道，化工厂的地基污染严重，一百年内住在这里的人恐怕都比较容易生癌。

水生下了长途汽车，阳光正猛，他抱着玉生的骨灰盒靠在栏杆边看江水，以及被水淹没的沙洲。江水一层一层，涌来，涌去。水生的身边，是一个和尚，穿着灰色的僧服，看上去也快要六十岁了。不知道为什么，水生觉得和尚很熟悉，又看了几眼，看到和尚头顶上有七个淡淡的疤，那不是香疤，现在的和尚已经不点香疤了。七个疤是无序地排列在头顶，水生看了好一会儿，忽然伸手拽住了和尚的袖子说："你是我弟弟，你叫云生。"

和尚也回过头来，看着水生，两个人长得很像。和尚愣了好一会儿，说："水生，哥哥啊。"

水生立刻问："爸爸呢？"

弟弟说："爸爸已经死了五十年了。妈妈呢？"

水生说："一样。"

水生早上没哭，上午没哭，到了这个时候忽然哭得涕泪纵横。渡轮仍在江上缓行，水生蹲在地上，弟弟也蹲下了，默然看着他哭。水生说："云生，你知道我怎么认出你的吗？是你头上的疤。你还记得这七个疤是怎么来的吗？"

弟弟摇头说："不记得了。"

水生说："那一年，全村人都饿得发疯了，谁家烟囱冒烟，生产队长就会带着人来。爸爸拉我到村里食堂找吃的，其实是偷，捉到了就打死了。爸爸不怕了，食堂也没有人了，他找啊找啊，在一个麻袋里找到了黄豆，只有七粒。我抓起黄豆就想吃，爸爸说，生豆子吃了会拉肚子，比不吃还糟糕。他把这七粒黄豆带回家，在一口锅里炒豆子。只有七粒黄豆啊，它们在锅里滚来滚去，我闻到黄豆的香味，馋得要死要活。这时生产队长带着人来了，爸爸急了，抓起七粒豆子，不知道往哪儿放。这时你也在边上，爸爸一把摘下你的帽子，把七粒黄豆放在帽子里，扣在你头上。你大哭起来，生产队长查了半天，没有找到吃的，就问这小孩为什么哭，爸爸说，饿的呗。生产队长就走了。我们揭开帽子一看，豆子太烫了，在你头顶烫出了七个水泡。这七个水泡，后来全都变成了疤。"

弟弟问:"豆子呢?"

水生说:"我们分着吃掉了。你两粒,我两粒,妈妈三粒。"

弟弟说:"爸爸一粒都没吃。"

水生问:"这些年你又在哪里呢?"

弟弟说:"一言难尽,我慢慢说给你听。爸爸死后,我被一个老和尚收养了,老和尚把我带到外省,他圆寂以后,我也没有做和尚,在一个矿上挖煤。挖煤太苦了,而且很危险,有些人运气不好就死了,我一辈子没有结婚,赚了一点钱,又回到这里。五十年过去了,我寻访了一阵子,没有你们的下落。"

水生问:"你为何又做和尚了?"

弟弟一笑,说:"我这个和尚,是假的。有一家东顺公司,本地大企业,想必你也知道。他们在这里大兴土木,买了地皮造别墅,把农田都推平了。老板突发奇想,在江边造了一座寺庙,投资五千万。他们要招聘工作人员,我就去做了和尚,剃了光头,上班也在庙里,住宿也在庙里。我的法号,叫做慧生。"

水生说:"东顺坏事做得太多,造庙宇,想积德吗?"

弟弟说:"也是想赚钱。县里没有一座庙,过去烧香都要过江进城,现在大家都富了,日子过得安稳,香油钱很多。五千万投资,三五年就能收回本钱,二期开发还会追加一亿。"

水生叹了口气,讲了讲妈妈是怎么过世的,叔叔是怎过世的，自己这次去石杨，是给玉生落葬。弟弟说："阿弥陀佛，生亦苦，死亦苦，人间一切，皆是苦。"

渡轮开在江上，并不是直线行驶，到某一处沙洲附近便绕了个大弯，顺着江流开了一段。水生叨咕说："玉生啊，船在江上拐弯了，你要跟住我。"他和弟弟两人站在甲板上，买了一点水喝着，继续说话。

水生问："爸爸是怎么死的？"

"爸爸就死在我们等会儿要上岸的地方，那个渡口。"弟弟指了指江对岸，"当时我还小，有些事情记不清了，记得爸爸背着我到了渡口，那时渡口只有木船。我们一到江边，就被民兵管起来了。他们知道我们要渡江，不给。"

水生问："后来呢？"

弟弟说："关进了一间破房子，里面全是人，饿得奄奄一息。我们在里面蹲着，也没有吃的，等了多少时间，我也不知道。爸爸说，云生，他们不会给我们吃的了。爸爸找到一个墙洞，半夜里用手扒洞，扒开了，爸爸说，云生，这个洞不够大，但我真的扒不动了，你钻出去吧。我钻到洞外，爸爸说，云生，你看看外面有没有草啊树叶啊，拔一点给我吃，我胡乱摘了一些。爸爸又说，云生，不要拔了，动静太大，你往回走，如果记得路，就去赶上你妈妈和哥哥。我太小了，记不得路。爸爸就哭了，说云生，你试试看能去哪儿就去哪儿吧，你不要钻进来了，明天一早我就会死掉了，你钻进来只能看着我死掉。我趁夜跑出去，转了很久，遇到了老和尚。

我说，我要去找妈妈和哥哥，老和尚说，不要去找了，跟我走吧。他给了我一点吃的，我就跟着他，越走越远。"

水生说："这么说来，你也没有见到爸爸是怎么死的。"

弟弟说："我没有。但我知道，爸爸是往生了。"

水生说："我去问别人，他们都说，那一年走到江边的人都消失了，不知道去哪里了，也没有尸体。"

弟弟指着江对面说："我回来以后，找人问过，这个码头就是当年渡船的地方，此岸彼岸，彼岸此岸，人们就是在这里往来过江。"

水生说："云生，我要去看看爸爸死掉的地方。"

弟弟说："五十年了，我也只能记得一个大概。我今天回庙里，顺路带你去看看。"

水生说："云生，不要做假和尚了，我的女儿现在在深圳工作，我一个人住着很寂寞，你可以来陪我住着。"

弟弟摇头说："虽说是假和尚，但我心里早已皈依了，住在庙里比较合我心意，不想再过俗世的生活。人生的苦，我尝够了。"

水生冷笑说："东顺的庙，有什么皈依可言？一座假庙而已。"

弟弟说："世间本来就没有真庙假庙。我有一天看到个破衣烂衫的老太，腿都残疾了，她知道县里有了庙，就爬着来进香。在山门口，她虔诚磕头，非常幸福。庙是假的，她的虔诚和幸福是真的。真庙假庙，都是一种虚妄。"

水生沉默良久,与弟弟失散了五十年,此时竟无话可说了,心里想,弟弟活着就好。又过了很久,渡轮轻轻靠岸,水生和弟弟来到码头上,举目张望,弟弟说:"好像还得往北走一段。"水生抛下了长途汽车,跟着弟弟,顺着一条小路,沿江走去,嘴里仍在念叨着:"玉生,转弯了。"穿过一座水泥厂,渐渐荒凉,四周都是芦苇,脚下的土地变得湿软。

弟弟说:"仿佛就是这里,我也记不清了,过去有房子,后来大概都推平了。"

水生说:"我们再往前走一走。"

又走了半个小时,弟弟说:"前面就是庙宇了。"这一带芦苇长得很高,挡住了视线。水生说:"我就不往前走了,东顺的庙,我决计不会踏进一步。"

弟弟说:"阿弥陀佛,勘破生死,放下执念。"

水生摇摇头说:"不要再说了。"

起了一阵风,芦苇簌簌摇动,水生闭上眼睛,想听到更多的声音。水生说:"爸爸,我来看你了。"等了很久,仍是只有风声,细小的蠓虫扑到脸上,像被人的发梢拂过。水生睁开眼,揉了揉眼睛,对弟弟说:"你既然要回庙,我们就在此分手了。"

弟弟说:"庙里还有工作,要考勤的。照理,我应该陪你去石杨镇。"

水生说:"保重。"留下电话和地址。弟弟双手合十,颂了一声佛号,穿过芦苇丛,走了。

水生独自往回走，走了一段路，再回头看，乌云正从江上升起，渐渐浓重。大中午的，庙宇的钟声传来，一声，一声，亦真亦幻，水生静立在原地，直等到钟声停下、飘散，世间的一切声响复又汇起，吵吵闹闹，仿佛从未获得一丝安慰。

水生俯身，抓了一把土，轻轻塞进胸口的麻布包裹里，口中念道：

"玉生，爸爸，转弯了。"

"玉生，爸爸，你们要跟我走，走到石杨镇。"

"玉生，爸爸，跟紧水生，不要迷路。"

后记

我既不擅长写散文也不擅长写序,假如有人要我好好地说真话,我想说,不如我们来读小说吧。但虚构的叙事有时也会遇到些小麻烦,比如望文生义,比如吊打在世的作者,要求上缴苦难。假如别出心裁地上缴了一份顽皮,就不得不哭丧着脸说其实我口袋里还有苦难,那么我是在和谁玩游戏呢?假如我上缴的必须是苦难,就像交税似的。

写一部小说,如果作者非要站出来说自己写的都是真事,这就会变得很糟糕。纳博科夫曾经嘲笑过的。偶尔也有例外,在小说《黄金时代》里,王小波写到脑浆沾在街道上这一节时,曾经加了一句话:这不是编的,我编这种故事干什么?

这种句法在小说中非常罕见,它漂亮得让人想不出更好的办法。当然也因为王小波是一位擅长虚构的作家,他有资格这么写。

我曾经为《收获》杂志的公众号写过一篇关于《慈悲》的文章，那是我写得较好的散文，但编辑说仍是有小说恶习。我重写了一次，希望它比较真实些，但情况似乎没有什么好转：

九十年代末，我们家已经全都空了，我爸爸因为恐惧下岗而提前退休，我妈妈在家病退多年，我失业，家里存折上的钱不够我买辆摩托车的。那是我的青年时代，基本上，陷于破产的恐慌之中。我那位多年游手好闲的爸爸，曾经暴揍过我的三流工程师（被我写进了小说里），曾经在街面上教男男女女跳交谊舞的潇洒中年汉子（也被我写进了小说里），他终于发怒了，他决定去打麻将。

我妈妈描述他的基本技能：跳舞，打麻将，搞生产。他曾经是技术标兵，画图纸的水平很不错，在一家破烂的化工厂里，如果不会这一手，凭着前面两项技能的话基本上就被送去劳动教养了。现在，国家不需要他搞生产了，他退休了，跳舞也挣不到教学费了，因为全社会都已经学会跳舞，他只剩下打麻将。

那个时候，社会上已经有麻将馆了，合法小赌，心旷神怡，都是些街道上的老头老太。我爸爸决定去那儿试试运气。我妈妈是个理智的人，知道世界上没有必胜的赌徒，大部分人都输光了回家的。尤其是，我们家的赌金就是菜金，输了这一天的就只能吃白饭了。

然而我爸爸没给她丢脸，每个下午他都坐在麻将馆里，经过几个小时的战斗，砍下来几十块钱。这种麻将，老头老太玩的，赌得太大会出人命，赢几十块钱属于相当不容易。有时候赢一百块，为了不让对方上吊，他还得再输回去一些。后来他告诉我："我六岁就会打麻将了，我姑妈是开赌场的。"

每一天黄昏，我妈妈就在厨房望着楼道口，等我爸爸带着钱回来，那钱就是我们家第二天的菜金。他很争气，从未让我妈妈失望，基本上都吹着口哨回来的。我们家就此撑过了最可怕的下岗年代，事过多年，我想我妈妈这么正派的人，她居然能容忍丈夫靠赌钱来维生，可见她对生活已经失望到什么程度。

这故事简直比小说精彩，可惜从来没有被我写进小说，因为它荒唐得让我觉得残酷，几乎没脸讲出来。在厚重的历史叙事面前，这些轻薄之物一直在我眼前飘荡，并不能融入厚重之中。

《慈悲》是一部关于信念的小说，而不是复仇。这是我自己的想法。慈悲本身并非一种正义的力量，也不宽容，它是无理性的。它也是被历史的厚重所裹挟的意识形态，然而当我们试图战胜、忘却、原谅历史的时候，我还是会想起我父亲去打麻将时的脸色，那里面简直没有一点慈悲。他觉得真庙都是假的，而麻将馆才是赢得短暂救赎的地方。

有一次，有人嘲笑我写的三部曲是"砖头式"的小说，似乎砖头很不要脸，我想如果我能写出一本菜刀式的小说，可能会改变这种看法，也可能仅仅让我自己好受些。

谨以此为后记，并谢谢我所有的编辑们。